Frank Wedekind

Fesselnde Erzählungen eines Skandalautors

e-artnow 2018

Frank Wedekind
Fritz Schwigerling oder Der Liebestrank

Frank Wedekind
Wedekinds schönste Gedichte

Frank Wedekind
Frühlings Erwachen: Eine Kindertragödie

Leopold von Sacher-Masoch
Die besten erotischen Novellen

Wilhelm Hauff
Ausgewählte Erzählungen

Frank Wedekind

Fesselnde Erzählungen eines Skandalautors

Mine-Haha oder Über die körperliche Erziehung der jungen Mädchen + Der Verführer + Rabbi Esra + Die Schutzimpfung

e-artnow, 2018
Kontakt: info@e-artnow.org
ISBN 978-80-273-1839-1

Inhaltsverzeichnis

Der Verführer 11

Mine-Haha oder Über die körperliche Erziehung der jungen Mädchen 14

Rabbi Esra 41

Die Schutzimpfung 44

Der Verführer

Es ist wohl möglich, daß sich die Gunst eines jeden Mädchens ohne Ausnahme gewinnen läßt. Aber leicht wird es nicht immer. Die Hauptsache ist, daß man den richtigen Weg einzuschlagen versteht.

Die übrigen Herren des intimen Freundeskreises lauschten in gespanntester Erwartung.

Es war am 15. Juni im Jahr 18.., fuhr der Sprecher fort, als ich gegen Abend zu Tante Mathilde hinauskam und sie mir mitteilte, daß tags zuvor ihre Tochter Melanie von Brüssel zurückgekommen sei. Wir hatten kaum eine Viertelstunde geplaudert, als Melanie mit dezidiertem Schritt, ohne durch meine Anwesenheit überrascht zu sein, leicht errötend ins Zimmer trat. In körperlicher Beziehung hatte sie ungemein gewonnen, seit ich sie nicht gesehen. Ihre Taille war schmal geblieben, ebenso die Schultern, aber die Hüften und besonders die Formen des Korsetts fielen mir durch ihre majestätischen Linien auf. Mit dem Ausdruck unnahbarer Würde und einem eisigen Lächeln auf den Lippen reichte sie mir ihre geschmeidige kleine Hand und nahm auf einem schmalen Taburett Platz, auf dem sie wie auf einem Isolierschemel saß, und von dem aus sie mich mit Blicken maß, von denen ich mich wie von kleinkalibrigen Gewehrkugeln durchlöchert fühlte. Ich schlug die Augen nieder und wendete meine Bemerkungen über Brüssel und die Großstädte im allgemeinen fast ausschließlich an Tante Mathilde, die mich, nachdem wir noch etwa zehn Minuten gemütlich geplaudert, mit ihrer Tochter allein ließ.

»Wie wäre es, Herr Doktor, wenn wir einen Gang durch den Garten machten?« – sagte Melanie, um das peinliche Schweigen zu brechen, das, nachdem sich Tante Mathilde entfernt, zwischen uns obwaltete. Ich bot ihr meinen Arm und führte sie in den stockdunklen Garten hinaus, alle drei Schritte ein Streichholz anzündend, in der Befürchtung, wir möchten gegen einen Baum anrennen oder in die Johannisbeersträucher geraten, bis mir meine Cousine mit einer unvorsichtigen Geste die Schachtel aus der Hand schlug und mich hinter sich her in eine der Lauben zog, die zu beiden Seiten des Weges lagen.

Nachdem wir uns auf der breiten hölzernen Bank mit ziemlicher Mühe zurechtgetastet, nahm sie meine Hand in die ihrige, neigte sich mit ihrem Oberkörper über mich, die Lippen dicht vor meinem Gesicht, so daß ich ihren Atem spürte, und fragte mich, woran ich denke. »An die griechischen Inschriften auf den Denkmälern im westlichen Kleinasien«, entgegnete ich, worauf sie meinte, ich hätte einen stark ausgeprägten sinnlichen Ton in der Stimme. Ich erklärte ihr aber, daß das Altgriechische, wenn es auch keine Ursprache, sondern durchaus Kultursprache sei, doch auf unsere modernen Sprachen, zumal auf die, die wir sprechen, den schwerwiegendsten Einfluß ausgeübt habe, indem es durch die mit altgriechischen Inschriften bedeckten historischen Denkmäler gewirkt. So unterhielten wir uns noch eine Weile, dann fühlte ich ein Frösteln und geleitete Melanie, in der Befürchtung, wir möchten uns beide erkälten, ins Wohnzimmer zurück.

In den darauffolgenden Tagen beschäftigte ich mich mehr mit ihr, als ich erwartet hatte, und beschloß schließlich, da mir der Gedanke an ihren klassisch modellierten Körper keine Ruhe mehr ließ, sie für mich zu erobern.

Drei Tage später traf ich sie wieder bei Tante Mathilde. Es war drei Uhr nachmittags, und die Tante schlief. Mit Gewalt oder Heftigkeit, das wußte ich im voraus, erweckte ich nur Empörung; ich mußte also vorsichtig sein. Melanie trug ein Kleid, wie man es bei heißer Jahreszeit nicht leichter tragen kann, in hellgrüner Seide, und so weit, daß es sie wie ein Hemd umflatterte. Über den Schultern war es durch zwei schmale Streifen gehalten. Sie streckte sich auf der Chaiselongue aus und lud mich ein, auf dem Fußende Platz zu nehmen. Dann hakte sie die obersten Haken auf, um, wie sie sagte, besser atmen zu können. Sie schien auch in der Tat sehr unter der Hitze zu leiden, indem ihre Wangen hoch gerötet waren und sie kaum einen Augenblick ruhig liegen konnte.

Ich versuchte das Menschenmöglichste. Ich brachte das Gespräch auf Kleopatra, auf den Frühling, auf Tanzunterhaltungen, ohne dem Mädchen mehr als ein stummes, überlegenes Lächeln zu entlocken. Schließlich nahm ich sogar einen Pantoffel, der ihr zufällig vom Fuß gefallen, und führte ihn an meine Lippen. Dabei kajolierte sie mir mit ihrem Fuße zuerst die Hände und dann das Gesicht. Wenn sie gewußt hätte, welch höllische Marter mir das verursachte, in welchem Orkan die Leidenschaften in mir tosten und brandeten! Aber sie lag da, so vertrauensselig, als hätte sie ein neugeborenes Kind neben sich. Ihre Lippen öffneten und schlossen sich wieder, ihre feine rote Zunge wurde zwischen den blanken Zähnen sichtbar, aber keine Spur von Verständnis für meine Taktik. Mir wurde auf meinem schmalen Sitzplatz zumute wie Napoleon auf St. Helena; und als ich das herrliche Weib nach zwei Stunden vergeblich aufgebotener Liebesmühe verließ, fragte ich mich trostlos und niedergeschlagen, wie die Natur ein solches Wesen schaffen könne, ohne ihm einen Funken menschlichen Gefühls einzuhauchen.

Am nächsten Tage überraschte sie mich mit der unvermittelten Frage, ob ich schon einmal geliebt habe. Ich hatte meinen Feldzugsplan von Grund aus umgestaltet und wußte nicht, ob ich mit Ja oder Nein antworten sollte. Ich hatte mir vorgenommen, sie gar nicht anzusehen und auf diese Weise ihre Eitelkeit zu kitzeln, sie zu demütigen und mich um so begehrenswerter zu machen. Tante Mathilde war zu einer Kafegesellschaft ausgefahren. Wir suchten den kühlsten Ort des Hauses auf und gelangten in einen kleinen, runden, hochgewölbten Gartensalon, in dem außer einem alten rotsamtenen Diwan nur gerade noch eine breite Fächerpalme Platz hatte. Hier, abgeschlossen von der Welt, erzählte ich ihr meine Geschichte. Nie in meinem Leben habe ich eine aufmerksamere Zuhörerin gefunden. Als ich auf die Katastrophe zu sprechen kam, wie das Mädchen, das ich aus tiefster Seele geliebt, mit einem Handelsreisenden nach Amerika durchbrannte, durchfuhr ihren Körper leises Zucken. Ich sah meinen Seelenschmerz von damals in ihren Blicken wiedergespiegelt. Ich begann zu hoffen, daß ich mich in ihrer Beurteilung geirrt. Da geschah etwas Unvorhergesehenes. Augenscheinlich hatte sie in ihrer Erregung das Knie zu fest an die Kante des Diwans gepreßt. Dadurch war die Schnalle ihres Strumpfbandes aufgesprungen, und das Strumpfband fiel zu Boden! ich hob es auf und überreichte es ihr. Darauf folgte längeres Schweigen. Dann, ohne sich weiter vor mir zu genieren, streifte sie ihr Kleid etwas auf und befestigte das Strumpfband unter dem Knie. Sie trug seidene Strümpfe. Wäre ich in Gedanken nicht bei meiner ersten Liebe gewesen, wer weiß, wozu mich die Arglosigkeit hingerissen hätte. Aber auch so vermochte ich meiner Empfindung nicht völlig Herr zu bleiben. Ich beugte mich nieder über den dunklen Lockenkopf und hauchte einen Kuß auf die weiße Stirne. Aber da fühlte ich, wie sie mich mit dem kleinen Finger zurückstieß. In ihren Blicken lag etwas wie scheue Furcht. Ein Schrei drängte sich auf ihre Lippen, den sie nur mit Mühe zurückhielt. Ich nahm meinen Kopf in beide Hände und stürzte wie wahnsinnig zum Haus hinaus.

Es wird mir ziemlich schwer werden, die Zeit, die diesen Ereignissen folgte, mit kühlem Blut zu beschreiben. Sie endete mit den qualvollsten Seelenkämpfen, die ich durchgemacht, und die ich um die Inschriften von ganz Athen nicht zum zweiten Mal durchmachen möchte. Nachdem ich mich zur Genüge davon überzeugt hatte, daß all meine Diplomatie und Feldherrnkunst an dem Mädchen verloren war, beschloß ich, sie zu vergessen, und meine gute alte Tante Mathilde während ihres Aufenthalts nicht mehr zu besuchen. Aber das gelang nicht, und nun begann ich den frivolen Absichten zu fluchen, die mich dazu verleitet, die schöne Herzlose meiner Bemühungen zu würdigen. Um mich zu zerstreuen, suchte ich Kafes und Bierhöhlen auf, wo ich oft bis nach Mitternacht in Gesellschaft angehender Künstler saß, denen nichts auf dieser Welt mehr heilig war, deren jeder seine zehn bis zwanzig Mädchen zu Herzensfreundinnen hatte, und von denen man in einer Nacht mehr lernen konnte, als ein Mann in geordneten Verhältnissen in einer fünfzigjährigen Ehe lernt. Nach einigen Tagen zog es mich wieder wie an einer Schlinge zum Landgut hinaus. Melanie empfing mich im Salon, d. h. eigentlich empfing sie mich nicht. Sie saß am Fenster und stickte. Nicht eines Blickes würdigte sie mich, und die Blicke, die sie zum Fenster hinauswarf, waren so gereizt, so enerviert, so unfreundlich, daß ich die herrliche Landschaft beinah noch mehr als mich selbst bedauerte. Sie bat mich, ihr doch noch einige altgriechische Inschriften zu zitieren. Ich suchte in meinem Kopf, wie man eine Kommode durchsucht, aber meine Gelehrsamkeit war weggeblasen. Ich fühlte mich so beschämt, daß ich meinen Hut nahm und nach Hause ging.

Als ich wiederkam, traf ich sie mit Tante Mathilde zusammen. In der Zwischenzeit hatte ich nicht eine Nacht mehr geschlafen. Ich bat Melanie, mit mir in den Garten hinauszukommen, in die Taxuslaube oder in die Jasminlaube, aber sie sagte, es wäre ihr zu dunkel; sie fürchte, mit dem Kopf an einen Baumstamm zu stoßen, wenn sie mit mir ginge. Ich war zerknirscht. Drei Tage und Nächte lief ich mit dem Gefühl durch die Straßen, als ob mir ein Schmiedehammer das Herz bearbeite. Ich sah Grün, Blau, Rot vor den Augen. Die Menschen, die mir begegneten, machten einen Bogen um mich herum. Wer mir unversehens unter den Hut sah, fuhr erschreckt zusammen, und meine Kleider schlotterten mir am Leib, als hätte ich sie vom Hausierer erstanden. Ich wurde binnen einer Woche um drei Pfund leichter.

Am Sonntag schleppte ich mich noch einmal mehr tot als lebendig hinaus und traf Tante Mathilde allein. Ich griff unwillkürlich nach einer Stuhllehne, als sie mir eröffnete, Melanie sei bei einer Freundin in der Stadt. Dann unterhielt ich die kindische alte Frau eine Stunde lang mit schalen Anekdoten, was ich früher mit Vergnügen getan hatte, und was mir jetzt eine Galeerenarbeit war. Nachdem ich mich verabschiedet, steckte ich im Vestibül den Hausschlüssel in die Tasche, ich wußte nicht, warum. Von dem Moment weiß ich überhaupt von keiner meiner Handlungen mehr das Wie und Warum. Ich war zum Nachtwandler geworden. Kurz vor Mitternacht erwachte ich vor der Haustür des Landhauses, ohne zu wissen, wie ich hergekommen. Eine Stunde später erwachte ich wieder und stand noch an demselben Fleck. Mir war, als stände jemand hinter mir und stieße mir unaufhörlich mit dem Knie in den Rücken. So öffnete ich schließlich, tastete mich die dunklen Treppen hinab und pochte, ohne der Gefahr zu gedenken, der ich mich dabei aussetzte, an ihre Kammertür.

»Wer ist da?« hörte ich ihre Stimme.

»Ich bin es!« – Meine Knie schlotterten. Keine Antwort.

Ich flehte, ich beschwor sie, ich ließ die Türklinke nicht mehr aus der Hand, aber alles blieb still. So stand ich nun fünf lange Stunden, bis es auf der Treppe hell zu werden begann. Dann schlich ich mich durch den Garten nach Hause und verbrachte den Tag in dumpfem Hinbrüten. Die körperlichen Bedürfnisse, Essen, Trinken, Schlafen, existierten für mich nicht mehr.

In der folgenden Nacht wiederholte sich die Szene, nur mit dem Unterschied, daß ich während der fünf Stunden weinte und winselte wie ein Kind.

Das hinderte mich nicht, in der dritten Nacht wieder vor ihrer Türe zu sein. Es gab für mich nur zwei Eventualitäten: Zu ihr gelangen oder sterben. Wer beschreibt mein Erstaunen, als die Tür dem Druck meiner Hand nachgibt. Es war der reine Zufall, denn kaum war ich eingetreten, als sich das Mädchen hoch aufrichtet und mir im Flüsterton, aber mit unerbittlichster Strenge befiehlt, ihr Zimmer zu verlassen; das letzte und größte Hindernis, ihr Mädchenstolz, ihre persönliche Gegenwehr, die es noch zu überwinden galt. Mich wunderte nur, daß sie nicht aus vollem Halse um Hilfe schrie. Um so unverhohlener gab sie ihrem Schreck und ihrer Empörung mir gegenüber Ausdruck. Sie nannte mich einen unverschämten Menschen, einen Schurken, einen schamlosen Wüstling. Umsonst, sie hatte den Mut eines Verzweifelten gegen sich. Ich brauche nichts mehr zu sagen. Ihre körperlichen Kräfte, ein so herrliches Weib sie war, waren den meinen nicht gewachsen. Ich war Sieger.

Deshalb, meine lieben Freunde, sage ich euch: Es ist möglich, daß sich die Gunst eines jeden Mädchens erringen läßt, aber so leicht geht es nicht. Die Hauptsache ist, daß man den richtigen Weg einzuschlagen versteht.

»Haben Sie denn den Weg noch öfter erprobt?« fragte einer der Anwesenden.

Nein. Ich tat es auch dies eine Mal nicht aus Frivolität, sondern aus psychologischem Interesse. Und wie ich denn ein Mann von Grundsätzen bin, gelang es mir auch später, ihre Zuneigung in dem Grade zu gewinnen, daß sie sich teils durch Vernunftgründe, teils durch Schmeichelworte dazu bewegen ließ, meine Frau zu werden.

Mine-Haha oder Über die körperliche Erziehung der jungen Mädchen

Als ich heute vor acht Tagen, um diese Stunde etwa, nach Hause kam, wurde ich unter dem Torweg von einem Schutzmann aufgehalten, der mir den Eintritt nicht eher gestattete, als bis ich ihm durch die Adresse einer an mich gerichteten Postkarte bewiesen hatte, daß ich im Rückgebäude wohne. Auf dem Hofe standen zehn bis zwanzig Menschen enggedrängt beieinander und tauschten mit gedämpften Stimmen ihre Eindrücke und Ansichten aus. Meine Zimmernachbarin, die vierundachtzigjährige pensionierte Lehrerin Helene Engel, hatte sich aus dem vierten Stock in den Hof hinuntergestürzt. Unter den Umstehenden galt es für gänzlich ausgeschlossen, daß ein mit klarem Bewußtsein vollführter Selbstmord vorlag; die Tat wurde vielmehr für die Folge einer geistigen Störung gehalten, die sich bei der alten Dame seit mehreren Monaten in plötzlichen Anfällen von Angst, Verworrenheit und Exaltation bemerkbar gemacht hatte. Nach wenigen Minuten fuhr draußen der Sanitätswagen vor. Nachdem ein Arzt den Tod als unzweifelhaft festgestellt hatte, hielt es unsere Zimmervermieterin für das zweckmäßigste, daß die Verunglückte sofort nach dem Leichenhause gebracht wurde.

Es mögen etwa drei Wochen her sein, daß mich die nun Dahingeschiedene eines Tages auf meinen Gruß hin auf dem Korridor ansprach. Sie sagte, sie habe kürzlich ein Buch von mir »Frühlings Erwachen« gelesen; ob ich ihr erlauben wolle, mir etwas Ähnliches, das sie selber vor langen Jahren einmal niedergeschrieben, zur Einsicht zu geben. Sie lud mich in ihr Zimmer ein, holte aus dem untersten Fach ihres Kleiderschrankes eine angebrochene Flasche Rotwein hervor und füllte zwei Gläser. Das Manuskript, dem ich diese Bemerkungen beifüge, lag auf dem Schreibtisch. Sie erzählte mir dann, sie sei als Kind sehr begüterter Eltern geboren. Mit siebzehn Jahren habe sie sich gegen den Willen ihrer Familie mit einem früheren Offizier, einem Witwer, verheiratet, dem sie schon als Backfisch eine abgöttische Verehrung entgegenbrachte. In wenigen Jahren schenkte sie ihm drei Kinder, die alle zu tüchtigen Menschen heranwuchsen, heute aber längst unter der Erde ruhen. Sie selber ließ sich, als sich ihr Gatte nach fünfjähriger Ehe plötzlich dem Trunk ergab, von einem blutjungen Architekten nach Amerika entführen, kam dort aber offenbar bald in die Lage, für ihren Geliebten arbeiten zu müssen. Sie erzählte mir, sie sei zuerst Dienstmädchen, dann Krankenwärterin und schließlich Lehrerin gewesen. Als solche lebte sie mit einem augenscheinlich hochgenialen Musiker zusammen, der sich sein Brot verdiente, indem er nachts im »Melodion« und anderen Tingeltangeln Klavier spielte. Weitaus die längste Zeit ihres amerikanischen Aufenthaltes habe sie in Brasilien verlebt, wo sie Indianerkinder unterrichtete und dabei auf ungesattelten Präriepferden ebenso sicher reiten lernte wie der geborene Sohn der Wildnis. Diese Erinnerung schien mir die aus ihrem Leben ihr selbst am teuersten zu sein. In der »Gartenlaube« las sie im Jahre 1871, daß ihr erster Mann bei Gravelotte den Heldentod gestorben war, und kehrte darauf nach Europa zurück. Ihre Eltern waren längst nicht mehr am Leben. Nach der Revolution hatten sie ihr Vermögen verloren und starben fast gleichzeitig in freudloser Zurückgezogenheit. Sie selber etablierte sich zuerst als Privatlehrerin und erhielt später Anstellung an einer höheren Töchterschule. Von irgendwelchen Parteinahme für die Ziele der heutigen Frauenbestrebungen konnte ich aus ihren Worten nichts entnehmen. Dagegen ist die Entstehung vorliegenden Manuskriptes wohl auf ihre spätere Lehrtätigkeit in Deutschland zurückzudatieren.

Dieses Manuskript erscheint mir, wenn ich es nicht überschätze, seiner stilistischen Eigenart wegen einer Veröffentlichung wert. Der Untertitel »Über die körperliche Erziehung junger Mädchen« stammt natürlich von mir. Ich glaube ihn beifügen zu müssen, da mir die Aufschrift »Mine-Haha« aus den Aufzeichnungen, soweit ich sie bis heute kenne, offen gestanden, nicht verständlich wird. Ich hoffe aber, daß sich in dem Nachlaß der alten Dame noch weitere Blätter finden.

Wenn ich mich dazu entschließe, in diesen Zeilen meine Lebensgeschichte niederzulegen, so geschieht es nicht, weil ich irgendwie den Beruf einer Schriftstellerin in mir fühle. Ich darf wohl sagen, daß mir nichts auf dieser Welt so verhaßt ist wie ein Blaustrumpf. Eine Frau, die ihren Lebensunterhalt durch die Liebe verdient, steht in meiner Achtung immer noch höher da als eine, die sich soweit erniedrigt, Feuilletons oder gar Bücher zu schreiben. Nur der Umstand, daß mein ganzes Leben so vollkommen verschieden war von demjenigen aller übrigen Frauen, kann mich dazu bewegen, das zu Papier zu bringen, was ich so manches Mal erzählt habe und was, wenn ich tot bin, niemand mehr erzählen wird. Ich werde nur dieses eine Buch schreiben; die Welt braucht meinetwegen nicht besorgt zu werden. Aber ich habe auch das bestimmte Gefühl, daß ich dieses eine nicht schlecht schreiben werde. Ob es nach meinem Tode gedruckt werden soll, darüber wird mein Sohn Edgar zu entscheiden haben. Rücksichten, die er den kleinlichen Verhältnissen, in denen er lebt, zu tragen hat, mögen ihn vielleicht davon abhalten. Diese Rücksichten können mich aber nicht davon abhalten, meine Erlebnisse zu Papier zu bringen, und wenn es mir nicht vergönnt ist, für einen verständigen Leser oder eine hübsche Leserin zu schreiben, so schreibe ich für mich selber. Jetzt, wo die fürchterlichen Aufregungen des Lebens vorüber und wo auch seine Freuden für mich erloschen sind, bleibt mir doch nichts besseres mehr zu tun übrig. Der einzige Wunsch, den ich auf dieser Welt noch habe, ist der, daß mich der Tod nicht ereilt, bevor ich die Feder aus der Hand gelegt habe. Ich muß befürchten, daß ich, da ich nun einmal mit Schreiben angefangen, in diesem Falle in der Erde keine Ruhe finden würde, sondern nächtlicher Weile zu meinem unvollendeten Manuskript zurückkehren müßte.

Aus meiner frühesten Kindheit weiß ich eigentlich nicht viel Interessantes zu berichten, obschon meine Erinnerung sehr weit zurückreicht, beinahe bis in mein zweites Lebensjahr. Aus meiner ersten Jugend ist mir nicht ein einziger Regentag in Erinnerung. Ebensowenig kann ich mich darauf besinnen, daß es jemals Winter geworden wäre. Mein ganzes Leben hindurch, wenn ich an jene Jahre zurückdachte, sah ich nur Sonnenschein, der durch dichte grüne Blätter fällt. Das helle Grün der von oben beschienenen Blätter, das ist der Himmel, wie ich ihn zuerst kennen gelernt. Und noch jetzt, wenn es mir manchmal so recht kindlich munter ums Herz ist, habe ich sofort wieder jenes Grün vor den Augen. Grün ist für mich die Farbe des Glückes, nicht die der Hoffnung. Um mir die Hoffnung noch unter irgendeiner Farbe zu denken, dazu bin ich zu alt, indem ich keine Ursache habe, noch irgendwelche besonderen Hoffnungen zu hegen.

Das früheste Bild, das sich meiner Erinnerung eingeprägt hat, ist folgendes: Ich bin auf einen Stuhl geklettert und stehe am offenen Fenster, neben mir Naema, die acht gibt, daß ich nicht herunterfalle. Ich fragte sie, was das vor mir für Blumen seien und sie nannte sie mir eine nach der anderen. Die große Kalla zu meiner Linken sehe ich noch heute so deutlich, daß ich danach greifen möchte; aber dann kommt lange nichts mehr, bis ich eines Tages neben dem Weiher das dichte Laubdach der Linden entdeckte, die den ganzen Garten beschatteten. Julian, einer der älteren Knaben, hatte mich, auf der Steinbrüstung des Weihers kniend, ins Wasser hinuntergelassen und untergetaucht. Jetzt stand ich wieder draußen, heulte, was ich konnte, rieb mir die Augen und blickte aufwärts. Da füllte mir beim Anblick der sonndurchleuchteten Blätter eine Wonne das Herz, die mich den Augenblick nicht hat vergessen lassen. In demselben Augenblick erinnere ich mich auch, zum erstenmal das Haus von außen gesehen zu haben; die niedrige, einstöckige, breite weiße Front mit der langen Reihe Fenster, jedes mit grünen Jalousieläden und einem dichten Blumenflor auf der Fensterbank. Und darüber das zweimal so hohe, steile Schieferdach, das sich in den Wipfeln der Bäume verlor, stellenweise mit Moos bewachsen und mit einem großen Dachfenster, gerade über der Haustür. Unter jener Haustür habe ich nachher so manches Mal auf einem Schemel gesessen und Stroh geflochten für unsere breiten Hüte, während kleinere Knaben und Mädchen, Kinder in dem Alter, in welchem ich damals war, zu meinen Füßen mit Erde und Wasser spielten.

Zusammenhängend werden meine Erinnerungen erst von dem Tage an, wo ich zum erstenmal Schuhe an den Füßen hatte, also mit Beginn meines vierten Jahres. Wir waren unserer sieben, drei Knaben und vier Mädchen, ein ziemlich starker Jahrgang, da wir alles in allem nur unserer dreißig Kinder im Hause waren. Die Schuhe wurden uns von Ella und Aspasia, zwei der ältesten Mädchen, die im darauffolgenden Frühjahre das Haus verließen, angezogen, und wir stolzierten selbstbewußt auf dem knirschenden Kies im Garten umher. Dann mußten wir uns aber gleich dem Hause gegenüber, dicht vor der großen hölzernen Halle der Größe nach aufstellen. Ich war die drittgrößte, über mir zwei Knaben; der dritte Knabe war der Kleinste von uns. Während dieses ersten Sommers trugen wir übrigens die Schuhe nur während der Übungen, was uns nachher ganz angenehm war, da sie immer so fest geschnürt wurden, daß man die leiseste Berührung hindurch empfand. So liefen wir denn die übrige Zeit noch mit Wonne barfuß in Haus und Garten umher.

Gertrud trat zu uns mit einer feinen Rute unter dem Arm. Sie war mit ihrem glattanliegenden schwarzen Haar, ihren funkelnden Augen, ihrem schmalen Gesicht und ihrer schlanken Figur für mich, bis ich jenes Haus verließ, der Inbegriff der Schönheit. Noch in meinem letzten Jahr stieg ich ihr oft bis unter den Dachboden hinauf nach, nur um das Vergnügen zu haben, sie die Treppe herunter kommen sehen. Jetzt mochte sie achtzehn oder neunzehn Jahre alt sein. Sie sowohl wie Naema, die etwas älter war, blieben alle vier Tage einen ganzen Tag über fort. Dann waren wir dreißig mit einer allein und mußten meistens waschen, das heißt die älteren, während die jüngeren die weißen Kleidchen um den Weiher herum zum Trocknen aufhängten.

Gertrud zog die Weidenrute, die sie in der Rechten hielt, durch die linke Hand und sah uns eines nach dem andern lächelnd an. Dann nahm sie ihr Kleid mit beiden Händen soweit hinauf, daß man ihre Beine bis über die Knie sehen konnte und zeigte uns, wie man gehen müsse. Sie trug außer den hohen gelben Schnürstiefeln auch noch weiße Socken, die ihr aber nicht einmal bis zur Mitte der Wade reichten. Sie hob die Knie ein wenig und setzte den Fuß mit der Fußspitze auf; dann ließ sie langsam die Ferse nieder, aber nicht bevor nicht der Fußrücken bis zur großen Zehe mit dem Schienbein eine gerade Linie gebildet hatte. Ihr volles, rundes, aber zart geformtes Knie streckte sich in demselben Moment, wo die Ferse die Erde berührte.

Wir alle mußten unsere Kleidchen hinaufraffen und mit den eingestützten Händen über den Hüften festhalten. Dann ging das Marschieren los, so langsam, daß man zwischen jedem Schritt einmal ums Haus hätte laufen können. Dabei hatte sie ihre Rute fortwährend auf unseren Fußspitzen, unter unseren Knien oder unter den Waden, wenn eins den Fuß zu rasch sinken lassen wollte. Lora, die kleinste von uns Mädchen, übrigens ein ausnehmend hübsches Kind, von der ich später noch viel erzählen werde, hätte beinahe angefangen zu weinen. Wenigstens rollten ihr schon die dicken Tränen über die Wangen hinunter. Aber Gertrud warf ihr einen so unheimlichen Blick zu, daß sie sich von dem Augenblick an mehr zusammennahm als alle übrigen.

So ging es dreimal im ganzen Garten herum. Dann humpelten wir ins Haus, zogen die Schuhe aus, warfen unsere Kleidchen ab und liefen, so rasch wir konnten, zum Weiher. Die Knaben waren jenseits und wir diesseits des Springbrunnens. So spritzten wir aufeinander ein und zogen uns in den Regen der Fontäne. Die Fische strichen uns zwischen den Beinen durch. Es war streng verboten, sie zu fangen und über das Wasser zu halten oder sie sonst auf irgendeine Weise zu quälen. Manchmal glitt eins auf den Steinfliesen aus und geriet unter Wasser. Dann war großes Hallo. Ertrinken konnte man nicht leicht, da der Weiher nirgends tiefer war als etwa anderthalb Fuß. Als wir gebadet, setzten wir uns in einer Reihe nebeneinander auf die Brüstung, die Füße noch im Wasser und ließen uns trocknen.

Bei den weiteren Übungen sah Gertrud vor allen Dingen darauf, daß wir beim Gehen die Hüften straff gespannt hielten. Wenn eins sich in den Hüften gehen ließ oder gar einknickte, bekam es eins hinten auf. Sie sagte, man dürfe beim Gehen keinen Boden mehr unter den Füßen fühlen, man dürfe seine Beine überhaupt nicht mehr spüren, man dürfe nur noch fühlen, daß man Hüften habe. Die Hüften, das sei der Mittelpunkt; der müsse unbeweglich und ruhig bleiben. Aber alle anderen Bewegungen im Oberkörper sowohl wie in den Beinen bis in die Zehenspitzen müßten von den Hüften ausgehen und von ihnen aus gewollt und dirigiert werden. Sie selber war in dieser Beziehung ein wahres Muster. Wenn man sie auf sich zukommen sah, hatte man gar nicht mehr die Empfindung, daß sie einen Körper von einer gewissen Schwere hatte. Man sah nur Formen. Und auch die Formen vergaß man beinahe über der Schönheit der Bewegung. Anderen Menschen gegenüber erschien sie mir immer wie etwas, was ich mir nur in meiner Phantasie gedacht und was in Wirklichkeit gar nicht existierte. Manchmal zwinkerte ich mit den Augen, um zu sehen, ob sie nachher noch da war. Übrigens merkte ich schon damals, daß alle diese Übungen uns Mädchen viel leichter wurden als den Knaben, die nie über ihre Extremitäten wegkamen. Und wenn einige von uns Mädchen so sehr breite Hüften bekamen, so bin ich fest überzeugt, daß das nur daher rührt, daß wir gewissermaßen mit den Hüften denken lernten.

Von Beginn des fünften Jahres an wurden wir allesamt, die Knaben sowohl wie die Mädchen, dazu angehalten, die kleinen Kinder zu pflegen, die ins Haus gebracht wurden. Jedes von uns hatte seinen Säugling. Ich bekam ein Mädchen, während die kleine Lora, die indessen meine Freundin geworden war, einen Knaben hatte. Wir mußten die Kinder rein halten, sie den Tag über in den Garten hinausbringen oder unter die hölzerne Halle, wenn es regnete, und ihnen die Flasche geben; geradeso wie es die älteren Kinder, die jetzt längst nicht mehr da waren, mit uns gemacht hatten. Des Nachts schliefen die Kleinen allein unter der Obhut Naemas, während wir älteren mit Gertrud zusammenschliefen. Wenn Gertrud ausging, dann blieb sie immer auch nachts über fort und kam erst am Morgen wieder. Dann war sie meistens sehr gutherzig und lächelte noch mehr als sonst.

Und nun komme ich auf Morni, einen der ältesten Knaben, der mir über alles gefiel, und den ich später nie wieder gesehen habe. Beim Baden sah ich ihn und nur ihn. Er war schon so groß, daß ihm das Wasser nicht bis an den Leib reichte. Er hatte ein Paar Augen, so voll Sonnenglanz und Herrlichkeit, daß ich ihn nur immer bei Namen rief, um ihm recht in die Augen sehen zu können. Und dann dieser feine Rücken, wenn er sich niederbeugte, um ein kleines Kind durchs Wasser zu leiten. Einmal erinnere ich mich, da stand er oben auf der Brüstung und sprach mit einem Kameraden, der noch im Wasser war. Ich kauerte mit zwei anderen Mädchen unter dem Springbrunnen. Da sog ich seine Schönheit in vollen Zügen in mich ein, und die Nacht darauf schlief ich so süß, als hätte ich eine frischere, bessere Luft geatmet. Drei Wochen später, als uns Gertrud eines Morgens die Decken abnahm, war sein Bett leer samt dem seines Kameraden und eines Mädchens. Niemand von uns wagte eine Frage zu tun. Auch untereinander sprachen wir nicht darüber. Ich fragte mich damals im stillen, ob es damit zu Ende sei. Naema und Gertrud hielt ich dann hin und wieder für Geschöpfe höherer Art, die niemals Kinder wie wir gewesen. Bei alledem hatte ich ein bestimmtes Gefühl, als müßte man sich doch noch einmal wiedersehen, besonders, wenn ich an Morni dachte. Ich habe ihn, wie gesagt, nie wiedergesehen. Ich habe mich mein ganzes Leben lang, auch noch in späteren Jahren, oft nach ihm erkundigt. Die wenigsten erinnerten sich seiner überhaupt noch. In seinem neunten Jahr, nachdem er bereits zu den Besseren erwählt war, zerschmetterte er sich bei einem Sturz vom Turngerüste den Kopf. Mir blieb er unvergeßlich.

Während des letzten Jahres unterrichtete uns Gertrud im Laufen und Springen. Dann erinnere ich mich auch einer großen roten Kugel, die unter der hölzernen Halle lag und auf der wir so ziemlich alle gehen lernten, aber mehr aus eigenem Antriebe. Wir stellten uns oft zu zweit darauf, Lora und ich, umschlangen uns mit den Armen so fest wie möglich, setzten die Füße zwischen einander und bewegten die Kugel so zwischen Tischen und Bänken durch in der ganzen Halle umher. Einmal überfuhren wir ein Kind, ohne daß es Schaden genommen hätte. Auch das Stelzengehen war sehr beliebt, aber Gertrud hielt nichts davon. Sie konnte es nicht sehen. Sie sagte, es sei geschmacklos und ungesund. Dagegen spielte sie sehr gern Ball mit uns, wenn sie einen freien Moment hatte. Ihre Lieblingsunterhaltung aber war das Springseil, in welchem sie die Knaben sowohl wie die Mädchen springen ließ, und sich immer freute, wenn einem das Kleid ins Gesicht schlug. Sie selber war Virtuosin darin. Von uns Kindern konnte ihr niemand das Seil rasch genug schwingen. Wenn sie es selber tat, schwang sie es während eines Sprunges dreimal unter den feinen straffgestreckten Fußspitzen durch, und im nächsten

Moment berührte sie, bei derselben Geschwindigkeit, zwischen jedem Schwung den Fußboden. Dann sah man kein Seil mehr und sie selber verschwamm einem vor den Augen.

Während der heißen Sommertage waren wir fast ununterbrochen im Wasser, hockten auf der Weiherbrüstung umher oder lagen unter dem Springbrunnen und ließen uns den Regen ins Gesicht plätschern. Unsere breiten Strohhüte behielten wir dabei auf, während wir die Kleider nur zu den Mahlzeiten und zum Unterricht anlegten. An Schwimmen dachte noch niemand von uns, auch die Knaben nicht. Es wäre auch in dem niedrigen Wasser nicht gut möglich gewesen. Eines übrigens fällt mir erst jetzt ein, daß weder Naema noch Gertrud jemals mit uns gebadet haben. Beide gingen immer mit bloßen Armen, aber niemand von uns Kindern hat jemals eine von ihnen so gesehen, wie wir damals den halben Tag über waren. Es mochte das nicht wenig zu der Ehrerbietung beitragen, die alle vom jüngsten bis zum ältesten den beiden Mädchen gegenüber hegten. Morgens, wenn uns Gertrud aufdeckte, war sie immer schon vollständig angekleidet und abends kam sie nie, bevor es dunkel geworden war. Einmal bemerkte ich, daß sie nachts über ein Hemd trug. Sigwart, dessen Bett neben dem meinigen stand, hatte einen Erstickungsanfall bekommen. Gertrud stand auf und machte Licht. Das Hemd reichte ihr bis auf die Knöchel. Ich sehe sie noch, wie sie den dunkelroten Kopf des Jungen zwischen ihren weißen Händen hielt. Sie machte Sigwart einen kalten Umschlag, setzte sich auf die Bettkante und sprach ihm leise zu, bis er eingeschlafen war. Darauf legte sie sich im Hemd wieder zu Bett.

Aber nun die Unterrichtsstunden. Ich freute mich schon immer darauf, wenn ich morgens die Augen aufschlug. Morni war nicht mehr da; die Knaben in meinem Alter hatten nichts, was mich hätte interessieren können, und so war mir Gertrud alles, was ich Schönes auf dieser Welt kannte. Das Kostüm, das wir zum Laufen und Springen trugen, habe ich doch nachher oft wiedergesehen, meistens sogar an Erwachsenen; aber an niemandem, selbst nicht an Arno, mit dem ich die seligsten acht Tage meines Lebens verbrachte, hat es mir besser gefallen, als damals an Gertrud. Ich war noch nicht ganz sieben Jahre alt, aber der Eindruck ist mir unauslöschlich geblieben. Bei unseren früheren Übungen hatte Gertrud immer ihr gewöhnliches weißes Kleid anbehalten, das sie dann einfach bis zum Knie hinaufnahm. Jetzt trug sie sich ganz wie wir. Sie war immer schon fix und fertig, wenn sie mit der Weidenrute in der Hand aus dem Hause trat und uns rief, wir sollten uns parat machen. Wir eilten hinein, warfen unsere kurzen weißen Röckchen ab und schlüpften in unsere Kostüme, die wir uns gegenseitig über den Rücken hinauf zuhakten. Sie reichten nicht bis über den Leib und waren zwischen den Beinen geschlossen, so daß die Beine bis zum Leib hinauf nackt waren. Gertrud musterte uns eins nach dem andern, sah, ob alles gut sitze und zog gewöhnlich bei jedem den Gürtel noch etwas fester. Den Kopf mußten wir soweit wie möglich zurücklegen und die Hände hinter dem Kopf gefaltet halten. Solange die Übung dauerte, durften wir mit den Fersen die Erde nicht berühren. Gertrud sagte, das gäbe schöne Waden. Die Knie durften wir nur ganz wenig biegen und während des Laufens den Fuß nur mit der Spitze aufsetzen. Lora und Heidi konnten das ausgezeichnet. Man hörte keinen Kieselstein sich bewegen, wenn sie gingen. Beide hatten schmale Gelenke und runde Knie und konnten die Finger hinter die Hand zurückbiegen. Gertrud ließ sie oft allein einen Rundlauf durch den Garten machen. Dann war es, wie wenn sie von dem leisen kühlen Windhauch getragen würden, der unter den Bäumen durchstrich. Ehe man sich's versah, standen sie wieder bei uns. Die Knaben hatten längere, dünnere Beine als wir und konnten sich infolgedessen besser auf den Fußspitzen halten, aber sie knickten meist mit den Knien ein. Im Springen mit geschlossenen Füßen waren sie uns Mädchen weit überlegen. Wir standen dicht vor dem Seil, mit erhobenen Fersen, die Hände in die Hüften gestützt, die Ellbogen möglichst nach hinten. So mußten wir springen, uns auf der anderen Seite tief in die Knie sinken lassen, aber im nächsten Moment wieder ebenso ruhig auf den Fußspitzen stehen wie vorher. Tat man nur einen kleinen Schritt, so gab es eins an die Beine, daß es einem zum Nacken hinaufrieselte. Gertrud lächelte immer, wenn sie zuschlug. Manchmal schlug sie sich selbst mit der Rute über die gestreckten Beine hinunter, daß es nur so klatschte. Wenn sie sprang, zitterten ihre Fußspitzen über dem Seil. Ihre Füße waren nicht wie bei anderen Frauen unten gegeneinander gestellt. Wenn sie aufrecht, mit festgeschlossenen Beinen, dastand, blieb immer ein kleiner Zwischenraum zwischen den Knöcheln. Ich sah sie vor allen Dingen gerne von hinten so dastehen. Dann gingen von beiden Fersen zwei gerade, senkrechte Linien bis in die Kniekehlen, trotz ihrer vollen Waden. Aber diese Waden waren so fein verjüngt, daß ich mich fragte, wie die so schmalen Füße den ganzen schönen Körper tragen konnten. Sie trugen ihn auch mehr durch ihre Sehnenkraft und ihre Elastizität. In den Hüften war Gertrud nicht auffallend breit, dafür aber auch nicht dick, wenn sie sich von der Seite zeigte. Dann schien ihr Leib im Gegenteil um vieles schmaler als von vorne. Der Oberkörper wuchs schlank und selbständig aus den Hüften empor, als wäre er ein Geschöpf für sich, und die Arme standen, was Schönheit und Fülle betrifft, nicht hinter den Beinen zurück. Gertrud war immer fest gegürtet; darin ging sie uns mit gutem Beispiel voran. Wenn sie aus dem Hause trat und wir noch hinten im Garten spielten, ließ sich kaum unterscheiden, wo ihre nackten Beine aufhörten und das weiße Kleid begann. Ihre weißen Socken, das einzige, wodurch sich ihr Kostüm von dem unserigen unterschied, sind ihr trotz Laufens und Springens während des ganzen Jahres nicht ein einziges Mal über die Schnürstiefel geglitten. Ihre hohen gelben Schnürstiefel sahen immer nagelneu aus, kein Knoten im Schuhband, keine Falte im Leder, was man von den unserigen nicht behaupten konnte. Das ganze Mädchen war schön gebaut; auch das Gesicht hatte einen angenehmen, interessanten Ausdruck, aber ihre beiden Füße, wenn sie so nebeneinander auf dem Kies standen, waren ein Meisterwerk der Natur, wie ich es nicht wiedergesehen habe.

Eben fällt mir noch ein Mädchen ein, das mit uns in gleichem Alter stand, aber seit etwa zwei Jahren nicht mehr da war. Den Namen habe ich vergessen. Ich weiß auch nicht, daß je eins von uns sich seiner noch erinnert hätte. Sigwart, Arthur, Calmar, Heidi, Lora und ich waren jetzt die ältesten; drei Knaben und drei Mädchen. Scheu gingen wir aneinander vorbei. Ich wagte nicht einmal mehr mit Lora zu sprechen. Des Abends fürchtete ich mich einzuschlafen. Naema und Gertrud mochten die Beklommenheit und Aufregung in unserem Wesen merken und wurden noch schweigsamer als sonst. Sie warfen uns, wo sie uns trafen, ernste Blicke zu. So verkroch sich jedes in einen Winkel. Ich wünschte im stillen, wenn es doch nur vorüber wäre. Eines Nachts kam dann Naema, schlug die Decke zurück und trug mich nackt hinaus. Draußen legte sie mich in eine schmale Kiste, in die ich gerade hineinpaßte und machte den Deckel zu. Weiter weiß ich dann nichts mehr, als daß ich mir auf einmal das Tageslicht durch die Löcher der Kiste in die Augen scheinen sah. Dann wurde die Kiste aufrecht hingestellt und aufgeschlossen. Ich trat heraus.

II

Man nahm mich bei der Hand, drehte mich einige Male herum, besah mich von allen Seiten und führte mich zu einem der weißen Betten, die im Zimmer standen. Zu den niedrigen breiten Fenstern herein, über alle Betten hinweg, schien milde warme Abendsonne. Mir war schwindlig. Vor mir kniete ein Mädchen und zog mir ein Paar lange weiße Strümpfe an, die bis über die Knie reichten. Dann warf sie mir ein weißes Röckchen über, ich mußte in die Ärmel schlupfen; darauf holte sie einen Korb her und probierte mir Schuhe an, bis sich welche gefunden, die mir paßten. Über die weißen Strümpfe hinauf streifte sie mir ein Paar hellgrüne Strumpfbänder. Die Ärmel an meinem Kleid reichten bis zum Ellbogen. Die Schuhe waren gelb, bis vornhin ausgeschnitten, mit einem Streifen über dem Fußrücken zum Zuknöpfen. Als ich wieder auf den Füßen stand, nahm sie mich zwischen die Knie und kämmte mir die Haare.

»Du hast schönes Haar, Hidalla«, sagte sie.

Ich konnte nicht antworten. Ich sah in die Sonne, die drüben zwischen den Bäumen unterging und dachte, ich weiß nicht warum, daß ich dort hergekommen und daß dort Lora und Gertrud sein müßten. Ein Mädchen öffnete die Tür und fragte, ob wir bald kämen. Sie half der anderen mir mein schwarzes Haar in Zöpfe zu flechten. Darauf führten sie mich hinüber ins andere Zimmer, wo vier Mädchen um einen sehr fein gedeckten Tisch saßen. Alle waren gleich gekleidet wie ich: Weißes Röckchen bis zum Knie, am Halse nach vorn und nach hinten viereckig ausgeschnitten, mit halblangen Ärmeln, lange weiße Strümpfe und niedrige gelbe Schuhe.

Das Haar trugen alle offen über den Rücken hinunter, nur ich hatte Zöpfe. Das Mädchen, das oben am Tisch saß, schien mir ernster als die übrigen. Es mochte dreizehn oder vierzehn Jahre alt sein. Da kamen auf jeder Seite drei. Die mir gegenüber war ein hübsches Ding in meinem Alter, aber blond. Die, die mich angekleidet hatte, saß oben neben der ältesten und warf mir Blicke über den Tisch zu, ich solle guten Mutes sein. Die Mädchen waren alle sehr gemessen in ihrem Benehmen. Sie sprachen wenig, aber was sie sagten, klang, als ob es nicht anders sein könne. Das Zimmer war geradeso wie das andere, mit drei Wänden aus lauter Fenstern, durch die die untergehende Sonne schien, wie durch eine Laterne. Nur die Scheidewand mit der Tür drin war undurchsichtig. Eine andere Tür mit Glasscheiben, die ins Freie führte, befand sich gegenüber und durch diese trat das häßlichste Geschöpf, das ich je gesehen, mit einem Präsentierteller herein, auf dem es die Speisen trug. Glücklicherweise ging sie immer gleich wieder hinaus. Das älteste der Mädchen schöpfte uns die Suppe heraus. Darauf gab es Gemüse, grüne Erbsen mit Rüben, aber so fein zubereitet, wie ich es vorher noch nicht gegessen hatte. Dann kam Braten, aber nur sehr kleine Stücke. Das ist alles, was mir von jenem ersten Abend im Gedächtnis geblieben. Ich muß schon bei Tisch wieder eingeschlafen sein.

Am anderen Morgen beim Aufstehen fragte ich, wie man mir später erzählte, ob Lora nicht hier sei. Niemand wußte etwas von ihr. Sehr deutlich ist es mir noch in Erinnerung, wie wir am Abend dieses ersten Tages zusammen zum Baden gingen. Der Weg führte zwischen hohen alten Baumgruppen und Wiesengründen durch, manchmal im kühlen Schatten, dann wieder im hellen Sonnenschein. Die Straße war so breit, daß wir alle sieben Arm in Arm nebeneinander gehen konnten. Rechts und links sah man zuweilen, soweit das Auge reichte, über Wiesen hinweg. Plötzlich entdeckte ich in einiger Entfernung ein Haus, das sich in nichts von dem unsrigen unterschied. Es war auch nur zwei Stockwerk hoch, aus rotem Backstein gebaut, mit zwei Reihen niedriger breiter Fenster übereinander, bis zum Dache hinauf mit wildem Wein bewachsen. Unten lief eine hölzerne Galerie herum. Das Dach war fast flach und ein feiner Streifen Rauch stieg aus dem Kamin in die Luft hinauf. Bald wurde der Weg schmäler und wir gelangten in einen Wald, der keinen Sonnenstrahl durchließ, dann in ein niedriges, undurchsichtiges Dickicht, in dem wir eine hinter der andern gehen mußten, bis wir unversehens ins Freie traten. Den Anblick werde ich nie vergessen. Zwischen schmalen grünen Ufern floß ein breiter Bach. Hüben und drüben dichtes Gebüsch dem Ufer entlang, daß man von aller Welt abgeschlossen schien, und zu beiden Seiten des Baches, soweit ich sehen konnte, hunderte von Mädchen, die sich zum Baden entkleideten. Viele waren schon im Wasser und kamen den Bach heraufgeschwommen, gegen die Strömung an. Wir waren am oberen Ende. Uns gegenüber war eine Schar Mädchen bereits wieder mit Ankleiden beschäftigt. Wir hängten unsere Röckchen und Strümpfe an den Weiden auf, Blanka und Pamela, die beiden ältesten, sprangen hinein und die übrigen warfen mich ihnen zu. Sie hatten mich an Händen und Füßen genommen und hoch in die Luft geschwungen. Platsch! Blanka hielt mir die Hand unter den Bauch und ließ mich zappeln. Das Wasser reichte mir bis unters Kinn, aber alle, selbst die kleine blonde Filissa, konnten perfekt schwimmen. Blanka und Pamela nahmen mich zwischen sich und so schwammen wir weit hinunter, immer zwischen Mädchen durch, die ihre Köpfe aus der Flut streckten und mit den Armen aufs Wasser schlugen. Schließlich kamen wir an eine Schleuse, über die wir hinüberkletterten. Wir setzten uns auf die breiten Steine darunter und ließen das Wasser über uns herabströmen. Darauf schwammen die anderen, alle sechs in einer Reihe nebeneinander, den Bach wieder hinauf, während ich dem Ufer entlang nebenher lief. Als wir uns ankleideten, lag der ganze Badeplatz schon im Schatten. Aus den Büschen zu beiden Seiten drang ein feiner Nebel über das Gras hin, durch den man die Mädchen am unteren Ende kaum mehr sehen konnte.

Vom ersten Tag an hatte man mich hergenommen und auf den Händen gehen lassen. Zwei der Mädchen hielten mir dabei die Beine hinauf. Das Haar hing mir auf den Fußboden, das Kleid fiel mir vom Gürtel her in den Nacken. So ging ich mit den Beinen hoch in der Luft auf den Steinfliesen durchs Zimmer. Am Nachmittag, bis es Zeit zum Baden war, wurde musiziert. Ich lernte die Geige. Des Abends saßen wir immer gemütlich beisammen, mit Ausnahme von

Blanka, die jeden Abend gleich vom Nachtessen weg ausging. Blanka war ein dickes, rundes Ding mit schwarzem Haar, schwarzen Augen und Lippen wie eine zerteilte Kirsche, aber hellrot und saftig. Sie hatte die etwas plumpe Figur, wie sie Mädchen mit dreizehn Jahren zu haben pflegen. Um so auffallender war ihre Geschmeidigkeit. Sie machte den anderen alles vor. Wenn sie auf den Händen ging, bog sich ihre Taille trotz ihrer Dicke soweit zurück, daß die Beine waagerecht über den Kopf vorragten. Dabei hielt sie trotz ihrer kräftigen Knöchel die Fußspitzen wie zwei Pfeile gestreckt, und sie ging, ohne daß sich die Füße um eine Idee nach rechts und links bewegt hätten. Vor allem aber war sie eine ausgezeichnete Tänzerin. Während des Vormittags erteilte sie den übrigen fünf Mädchen Unterricht, indem sie sich eine nach der andern zum vis-à-vis nahm und sie alle ihre Schritte und Bewegungen aufs genaueste nachahmen ließ. Alle diese Übungen fanden im oberen Stock unseres Hauses statt, wo wir uns überhaupt den ganzen Tag aufhielten und ebenso auch des Abends, wenn Blanka fort war und wir anderen gemütlich plauderten. Es war ein einziges großes Zimmer mit niedrigen breiten Fenstern ringsum, zu denen der wilde Wein hereinwuchs. Nur in der Mitte der einen Wand war die Fensterreihe durch einen mächtigen Kamin unterbrochen, der weit ins Zimmer herein und bis zur Decke reichte. Der ganze Fußboden war mit roten Backsteinfliesen belegt. Zwischen je zwei Fenstern war eine Lampe angebracht. Ich erinnere mich, nachher unser Haus öfter vom Park aus gesehen zu haben, wenn die Lampen alle angezündet waren. Einen festlicheren Anblick hätte man sich kaum denken können, besonders, wenn die Mädchen in ihren weißen Kleidern unter den offenen Fenstern erschienen. Stelle man sich nun vor, daß dreißig solche Häuser in dem Park zerstreut lagen, so mag man sich einen Begriff davon machen, wie märchenhaft schön es des Abends dort aussah. Um in das obere Zimmer zu gelangen, gingen wir außen am Hause hinauf, auf einer hölzernen Treppe; dann trat man durch eine Glastür ein, hatte den Kamin sich gerade gegenüber und zur Rechten und Linken, rings an den Wänden umher, ledergepolsterte Bänke, auf denen wir Mädchen saßen.

Pamela spielte die Mandoline; Irene, die drittälteste, ein Mädchen mit starkem Knochenbau, vorspringenden Mundteilen und kaltem verschlossenen Wesen, spielte Gitarre. Dann kam Wera, kaum zehn Jahre, aber von so fein gebildetem Körper, von einer solchen Ruhe in den Zügen, daß ich mich ihr schon nach den ersten paar Tagen am liebsten zu Füßen geworfen hätte. Den andern schienen ihre Vorzüge weniger aufzufallen, aber ebenso wie sie jene an Körperschönheit übertraf, so tanzte sie auch graziöser, und wenn sie Blanka noch nicht vollkommen gleichkam, so war es jedenfalls nur deshalb, weil sie es erst kürzere Zeit übte. Einmal schrie ich laut auf. Wera stand vor mir und glitt, während sie ruhig mit mir sprach, mit ihren elastischen Füßchen auf den glatten Fliesen langsam auseinander, bis sie mit dem Leib den Erdboden berührte. Ich fühlte mich selbst mitten entzweigerissen. Aber ebenso ruhig, ohne mit den Schultern zu zucken, ohne die Knie zu beugen, wie sie sich niedergelassen hatte, richtete sie sich wieder empor. Welch eine Kraft mußte schon in den jungen Gliedern sein.

In unseren Musikstunden spielte sie die Harfe. Auch ihre Musik schien mir inhaltsschwerer, reifer als die der übrigen. Die fünfälteste, Melusine, schmächtig und fleischlos, mit großen blauen Augen, ein Geschöpf, das mir während der fünf Jahre, die wir beisammen waren, nicht das mindeste Interesse einflößte, blies die Schalmei, und die kleine, dicke, blonde Filissa hämmerte ein vierbeiniges Cymbal, mit der sie unser ganzes Orchester übertönte. Ich selbst mußte, wie gesagt, die Geige lernen, da Blanka, die die Geige spielte, nur noch ein Jahr dablieb.

Es war an einem der ersten Tage, als mich Blanka nach dem Mittagessen mit sich nahm. Auf einer breiten, staubigen Straße gingen wir eine ziemliche Strecke durch den Park, kamen an mehreren der anderen Häuser vorbei und traten schließlich in ein von himmelhohen Eichen umrauschtes einstöckiges, breites weißes Haus, das einen Vorbau von vier schlanken Säulen hatte. Durch ein von oben erleuchtetes feierliches Vestibül führte mich Blanka in einen großen weißen Saal mit hohen Fenstern auf den Garten hinaus. Das erste, was ich erblickte, war Lora. Wir sanken uns in die Arme, küßten uns und weinten. Gleich darauf wurde auch Heidi von einem anderen Mädchen hereingeführt. Es waren im ganzen dreißig Mädchen in unserem Alter und dreißig im Alter Blankas anwesend, alle gleich gekleidet, alle mit offenem Haar, gelben

Schuhen und weißen Strümpfen und Röckchen. Die älteren nahmen auf den samtenen Divans den Wänden entlang Platz, legten würdevoll die gestreckten Füße übereinander und flüsterten leise, während wir mitten im Saal standen und den Atem anhielten.

Dann öffnete sich zur Rechten eine Flügeltür und Simba trat in den Saal. Ich war wie betäubt. Im nächsten Moment stand sie mitten zwischen uns.

Es wird mir nicht leicht, jetzt in meinem dreiundsechzigsten Jahr den Eindruck, den ich damals empfand, in seiner ganzen Lebhaftigkeit wiederzugeben. Simba war groß und dabei schlank wie ein Faden, aber weder Rippen noch Sehnen waren an ihrem Körper bemerkbar. Ich starrte sie an und hatte ein ähnliches Gefühl wie damals in jener Nacht, als ich von Morni träumte. Die Art und Weise, wie sie ihren Körper dehnte, wie sie sich in den Weichen hob und senkte, das wonnige Behagen, mit dem sie ihre Achseln zurücksinken ließ, die süßliche Trägheit ihrer schlaffen Glieder, die Geschmeidigkeit ihres Leibes, die Lust, mit der sie selbst sich ihres Körpers bewußt zu werden schien und die in jeder leisen Bewegung wieder zum Ausdruck gelangte, alles das berauschte, betörte, übermannte mich derart, daß ich zwei Tage wie im Halbschlummer umherging und, wohin ich sehen mochte, nur ihr Bild vor mir hatte.

Und dann das Kostüm. Das sehe ich heute noch und kann es nicht fassen, daß ich das wirklich mit Augen gesehen habe. Und das mit sieben Jahren, wo die Welt noch so gut wie unbemerkt an einem vorübergeht. Wie war das möglich. Übrigens habe ich derartige Wunderwerke von Schönheit und Sinnenreiz aus meinen reiferen Lebensjahren nicht mehr zu notieren. Sie hören auf in meiner Erinnerung mit dem Augenblick, wo ich aufhörte, Kind zu sein. Hatte ich die Augen dafür verloren, oder waren es die Aufregungen, Not und Leidenschaft, die mir die zu derartigem Genuß notwendige Ruhe raubten; oder habe ich mir schließlich die menschliche Schönheit in so hohem Maße zum Genuß werden lassen, daß sie aufhörte, mir noch als etwas besonders Begehrenswertes aufzufallen? Ich weiß es nicht.

Ihr üppiges, weniges, rabenschwarzes Haar trug Simba tief über die Schläfen herab und im Nacken in einen dichten Knoten geknüpft. Sie hatte langgezogene, schlangenförmige Brauen, eine feine, feine Nase und das schmerzlichste und zugleich süßeste Lächeln auf den Lippen, das ich je gesehen habe. Dann erinnere ich mich auch noch ihrer Zungenspitze, die manchmal wie ein Feuersalamander herauszuckte.

Um die schmale, schlanke Brust und die feinen Schultern trug sie ein enganliegendes Netzwerk aus dicken dunkelgrünen Glasperlen, in der Art eines Mieders, das aber ihre zarten Brüste vollkommen frei ließ, indem es beide mit großen Ringen einfaßte, deren Perlen um einiges dicker waren als die des übrigen Netzes. An den Beinen trug sie weißseidene Trikots und darüber ein Beinkleid, nur von den Hüften bis zur Mitte der Schenkel reichend, aus buntem türkischen Seidenstoff in hellen Farben; gelbe, rote und weiße senkrechte Streifen nebeneinander, oben zu einem bauschigen, schräggestreiften Gürtel umgelegt, um den Leib anschließend, aber nach unten gerade geschnitten und reichlich weit, so daß die schlanken, weißen Beine frei heraustreten. Ihre Füße steckten in weichen, niedrigen, weitausgeschnittenen schwarzen Schuhen. Und über alles das trug sie einen Mantel aus hellgelbem Wollstoff, rot verbrämt, vorn von oben bis unten offen, nur in der Taille, die er eng umschloß, von einer Agraffe zusammengehalten, im Nacken ein schmaler spitzer Ausschnitt bis auf den Gürtel hinab, die Ärmel bis über die Achseln hinauf geschlitzt, schmal und nach unten spitz zugeschnitten, rot ausgeschlagen, als Hintergrund für die brünetten, feinen Arme. Nicht wenig überrascht war ich, unter ihren Achseln, als sie die Arme hob, zwei dichte Büschel braunschwarzer Haare zu sehen. Es war mir das weder bei Naema noch bei Gertrud jemals aufgefallen.

Simba erteilte Tanzunterricht. Alle vierzehn Tage mußten wir uns im Weißen Hause dazu zusammenfinden, immer nur die jüngsten aus dem ganzen Park, ein Mädchen aus jedem der dreißig Häuser. Unsere Begleiterinnen kamen nur das erstemal mit. Der Unterricht begann mit den pathetischen Tänzen, bei denen wir die Glieder nicht langsam genug bewegen konnten. Erst im zweiten Jahre kamen die rascheren Tänze daran, für die wir schwere Holzschuhe trugen, in deren Sohlen noch Blei eingelegt war. Das löste die Gelenke so rasch, daß bald jede von uns die Füße mit Leichtigkeit der andern über den Kopf schwingen konnte. Unten waren die Sohlen mit Filz belegt, um den Lärm auf den bunten Steinfliesen zu dämpfen. Zu Hause, während der Morgenstunden, übte dann Blanka immer mit mir, was ich neues bei Simba gelernt hatte. Ebenso machte sie es mit den übrigen fünf Mädchen, die der Reihe nach an den anderen Nachmittagen hingingen und bei Simba mit ihren Altersgenossinnen aus dem ganzen Park zusammentrafen. Ebenso wie im Tanz war es dann auch in der Musik. Am siebenten Tag nach der Tanzübung hatte ich immer einen Nachmittag Musikübung im Weißen Haus. Dann kamen die übrigen Mädchen, Filissa, Melusine, Wera, Irene, Pamela, Blanka, in der Musik daran, bis die vierzehn Tage um waren und ich wieder zum Tanzen hinging. So ging es während all der sieben Jahre, die ich im Park verlebte, ohne daß ein einziges Mal eine Unterhaltung stattgehabt hätte.

Den Musikunterricht erteilte Kairula. Sie spielte alle Instrumente meisterhaft. Auch bei ihr kam ich immer mit meinen neunundzwanzig Altersgenossinnen aus dem ganzen Park zusammen. Unsere Geigen brauchten wir nicht mitzubringen, da im Weißen Haus alle Instrumente in reicher Auswahl vorhanden waren. Weil kein Mädchen denselben Weg hatte wie das andere, trennten wir uns nach Schluß des Unterrichts immer sofort, höchstens, daß zwei ein paar Schritte zusammengehen konnten. Lora wohnte am entgegengesetzten Ende des Parkes, so daß wir, wiewohl wir uns jeden siebenten Tag trafen, doch nur selten mehr dazu kamen, miteinander zu sprechen. Überhaupt blieben die Altersgenossinnen einander fast völlig fremd. Sein Heim und seine Freundinnen hatte jedes im eigenen Hause; ich die kleine Wera, die ich abgöttisch liebte. Ob Lora auch eine derartige Schwärmerei zu Hause gehabt, weiß ich nicht. Ich glaube es kaum, da sie mehr dazu gemacht war, sich selber anschwärmen zu lassen. Simba war ihr vom ersten Tage an sehr gewogen. Lora war tadellos gebaut, groß für ihr Alter, sehr gelenkig und ernster, gemessener in ihrem Wesen als wir übrigen. Sie lernte leicht. Auf den Händen ging sie wie keine von uns. Im Weißen Haus war eine große Kugel, ähnlich derjenigen, die wir zu Hause in der hölzernen Halle gehabt. Wir waren noch kein halbes Jahr im Park, als Lora auf dieser Kugel schon auf den Händen ging, die Beine nach vorn gestreckt, den Kopf erhoben, und einen womöglich ganz munter zwischen ihren eigenen Fußspitzen hindurch anlächelte. Auf ihrer Geige hingegen leistete sie nichts Besonderes. Da war ich ihr weit überlegen.

Es war noch in der ersten Zeit, als ich einmal mitten in der Nacht jäh emporschreckte. Ich hatte etwas gehört. Draußen begann es schon hell zu werden. Der Mond schien nicht und eine kühle Luft wehte zum offenen Fenster herein. Am anderen Ende des Schlafzimmers bewegte sich eine weiße Gestalt. Es war Blanka, die sich entkleidete. Sie mochte mein Erwachen beobachtet haben; sie kam an den übrigen Betten vorbei zu dem meinigen, küßte mich und sagte, ich solle ruhig weiterschlafen, sie sei eben nach Hause gekommen. Sie richtete sich empor und seufzte dabei, als wenn sie sehr ermüdet wäre. Auf meinem Bettchen sitzend, flocht sie sich das Haar in Zöpfe. Sie hatte nur noch Schuhe und Strümpfe an. Im Halbdunkel der Morgendämmerung betrachtete ich ihren rundlichen Leib, der noch fast ohne Taille, so fleischig war, daß es einen tiefen Einschnitt über den Hüften gab, wenn sie sich nur ein wenig zur Seite beugte.

»Wo warst du so lange?« fragte ich.

»Ich habe getanzt.«

»Bis jetzt?«

»Ja.«

»Wo hast du getanzt?«

»Im Theater.« Sie küßte mich wieder, schlich zu ihrem Bett zurück, schlupfte unter die Decke und schlief ein. Ich konnte noch lange nicht schlafen.

Am Morgen war es immer Blanka, die uns anderen fünf weckte. Übrigens hatte sie, ganz wie wir, auch ihre Nachmittage, an denen sie ins Weiße Haus ging. Es war immer der Tag vor dem, an welchem ich gehen mußte. Wenn Simba oder Kairula etwas über eins von uns zu klagen hatten, so erfuhr sie es dort und richtete sich dann zu Hause darnach, wenn wir mit ihr übten. An meinem Geigenspiel hatte sie große Freude. Schon während des Sommers spielten wir oft den ganzen Nachmittag Duette, bis Wera oder wer gerade ausgewesen, nach Hause kam, und es Zeit war, zum Baden zu gehen. Während der Abende vermißten wir sie sehr. Sie war streng mit uns und ließ keine Ungezogenheiten durchgehen. Und doch fühlten sich alle wohler, wenn sie da war.

Kairula hatte viel für mich übrig, aber ich mochte sie nicht. Weit lieber hätte ich Simba gefallen, aber im Tanzen waren mir beinahe alle überlegen. Kairula war plump und dick und benahm sich unnatürlich, indem sie jedes Wort dreimal stärker betonte als nötig gewesen wäre. Sie hatte ein dickes rotes Gesicht und kurzgeschnittenes schwarzes Lockenhaar, kleine überaus liebenswürdige Augen, statt der Nase eine Kirsche im Gesicht und ein breites Maul ohne Lippen. Ihr Körper war wie ein Sack. Glücklicherweise trug sie immer einen weiten Schlafrock, in Grell kariert, der alles gnädig bedeckte. Sie trug Filzpantoffeln, damit ihr während der Übungen kein Ton entging. Strümpfe trug sie prinzipiell nicht, aber dafür ein Augenglas auf ihre Kirsche geklemmt. Ihre Hände waren gemein. Ein Hals existierte nicht, was sie jedoch nicht hinderte, eine goldene Kette darum zu tragen. An dieser Kette hing ihre Stimmgabel, die sie sich gegen den Kopf schlug, um sie tönen zu lassen, und dann an die Zähne setzte, um den Ton besser hören zu können.

Kairula war mir widerwärtig, unangenehm. Ich konnte sie nicht ansehen, ohne schon halb und halb den tödlichen Schrecken zu empfinden, den ich gewiß empfunden hätte, wenn es ihr einmal eingefallen wäre, sich zu entkleiden. Aber häßlicher als Kairula, das Häßlichste entschieden, was ich während jener sieben Jahre überhaupt zu Gesicht bekommen, waren die beiden alten Weiber, die im Souterrain unseres Hauses lebten und uns bedienten. Freilich muß ich dabei bemerken, daß es die ersten alten Frauen waren, die ich in meinem Leben sah. Diese beiden Weiber machten des Morgens unsere Betten, hielten das Haus rein, kochten und wuschen für uns, und die jüngere und weniger Häßliche bediente bei Tisch. Niemand von uns sprach ein Wort mit ihnen, aber sie wußten recht gut, weshalb sie pünktlich ihre Pflicht taten und sich nicht das Geringste zuschulden kommen ließen. Ich bin sicher, wenn sich jemals jemand über sie zu beklagen gehabt hätte, man hätte sie ohne weiteres erwürgt. Einmal ging ich mit Wera abends nach dem Nachtessen noch ums Haus herum spazieren. Wir schwärmten einander gegenseitig von Simba vor. »Möchtest du, wenn du groß bist, nicht auch Tanzlehrerin sein?« fragte ich sie.

Wera schüttelte leise den Kopf und ein kaum merkliches Lächeln überflog für einen Moment ihre Lippen, gleich als dächte oder ahnte sie etwas, das sie sich scheute auszusprechen.

»Wera«, sagte ich, »bitte sag mir, weißt du, was dann kommt, wenn wir hier fort sind?«

»Wie sollte ich das wissen?« entgegnete sie ruhig.

Ich sann ein wenig nach. »Hast du Blanka nicht gefragt?«

»Nein. Wie sollte Blanka das wissen?«

»Sie ist jeden Abend fort.«

»Sie ist nicht fort. Sie ist nur im Theater und tanzt. Das müssen wir auch, wenn wir so alt sind. Dazu lernen wir es ja.«

»Wera«, sagte ich, »bist du nicht auch mit Knaben zusammen gewesen?«

»Doch.«

»Wo sind sie.«

»Ich weiß es nicht.«

Sie sagte das so ruhig, als lebte sie in einer andern Welt. Der Mond schien ihr ins Gesicht und ließ ihre feine Haut noch durchsichtiger, ihre zarten Lippen noch schwellender erscheinen. Ich stand neben ihr und sah an ihrem Hals die Blutwellen. Mir wurde, ich weiß nicht wie.

»Wera«, sagte ich leise, »aber du darfst nicht böse sein...«

»Nun? Was?«

»Diese Nacht, wenn Blanka nach Haus gekommen, willst du dann nicht zu mir herüberkommen...«

»Hidalla!« Jetzt war Wera erregt. Sie sah mir entsetzt in die Augen. Ich wußte nicht, was ich begangen hatte.

In demselben Moment starrte Margareta, die ältere und häßlichere der beiden alten Ungeheuer, durchs Kellerfenster nach uns herauf.

»Siehst du die da?« sagte Wera. »Siehst du die?«

»Ja. Was?«

»Die ist zu einem andern Mädchen gegangen, als sie als Kind hier war. Deshalb ist sie noch hier.«

Das Scheusal hatte sich zurückgezogen.

»Ist denn das nicht erlaubt?« fragte ich bebend.

»Wo denkst du hin! Wenn man mich bei dir träfe, würde man mich von euch trennen. Dann müßte ich arbeiten mein ganzes Leben lang und käme mein ganzes Leben lang nicht aus dem Park hinaus.«

Wir gingen schweigend dreimal ums Haus herum.

»Und die andere?« fragt' ich endlich beklommen.

»Die andere? die hat fliehen wollen. Sie habe über die Mauer klettern wollen, um hinauszukommen. Bestimmt weiß ich es nicht. So viel ist gewiß, daß weder Irma noch Margareta jemals in ihrem Leben aus dem Park hinausgekommen sind und daß sie auch niemals hinauskommen werden. Das ist auch der Grund, warum sie so häßlich sind.«

Die Nacht nach diesem Gespräch konnte ich nicht schlafen. Als Blanka nach Hause kam, schloß ich die Augen und rührte mich nicht. Aber ich mußte ununterbrochen an Irma und Margareta denken. Während der folgenden Tage drängte es mich, eine von beiden im geheimen anzusprechen. Das dauerte aber nur kurze Zeit, dann waren sie mir wieder ebenso grauenhaft wie vorher. Sie boten auch in der Tat einen fürchterlichen Anblick; Gesichter wie Eichenrinde, aus der man die Äste losgebrochen. Man kam nicht mehr dazu, sie für Menschen zu nehmen. Wenn ich mir bei Kairula noch vorstellen konnte, daß sie sich vielleicht mal entkleidete, so schnürte mir hier der bloße Gedanke schon die Kehle zu und ich glaubte vor Ekel vergehen zu müssen. In jedem der dreißig Häuser waren zwei Exemplare dieser Art. Alle fristeten das gleiche trostlose verachtete Sklavendasein. Keine von ihnen hatte je die Welt gekannt. Alle hatten sich während ihrer Kinderjahre im Park in dieser oder jener Weise vergangen.

Gegen den Herbst hin verfiel ich eine Zeitlang des Nachts in ganz eigentümliche Zustände. Plötzlich erwachte ich über einem entsetzlichen Getöse und dann hörte ich nichts als Brausen und Donnern um mich her. Die ersten Male schrie ich laut auf vor Angst. Die Mädchen fuhren alle sechs von ihren Betten auf und waren dann natürlich böse über mich, die ich sie für nichts und wieder nichts gestört hatte. Es waren die leisesten Geräusche, eine Mücke im Zimmer oder das Plätschern des Brunnens vor dem Haus, die mir immer lauter und lauter in den Ohren klangen, bis es mich wie ein Sturm umtoste. Dazwischen vernahm ich die Melodien, die ich auf der Geige spielen gelernt hatte, aber so gellend und schrill, als hätte man mir den Resonanzboden gegen das Ohr gehalten. Wenn ich nur den Kopf auf den Kissen bewegte, so tönte es wie fernes Donnergrollen.

Blanka und Pamela waren damals sehr lieb gegen mich. Sie wechselten an meinem Bette ab und unterhielten sich im Flüsterton mit mir, bis ich ruhig geworden war. Dabei schlief Blanka, die die ganze Nacht getanzt hatte, einmal selber an meinem Bette ein. Als ich sie am Morgen so dasitzen sah, nahm ich mir vor, nichts mehr zu sagen. Die Anfälle wiederholten sich noch oft, aber ich ertrug sie so gut es ging.

Auf einem Spaziergang durch den Park hatte mir Pamela indessen auch einmal das Theater gezeigt. »Nächstens muß ich dort tanzen, wenn Blanka nicht mehr tanzt«, sagte sie. Das Theater lag etwa hundert Schritte vom Weißen Haus entfernt. Es war aus gelben Backsteinen gebaut. Eine dreistockhohe kreisrunde Mauer mit einem Dach darüber, aber ohne Fenster und Türen. Das fiel mir aber damals gar nicht auf. Ich dachte, es werde wohl auf irgendeiner Seite einen Eingang haben.

Der wilde Wein wurde dunkelrot. Unser Haus funkelte in der Abendsonne wie ein Rubin. Unter den hohen Baumgruppen im Park war die Wiese mit gelben Blättern bedeckt und abends legte sich dichter, weißer Nebel darüber, der manchmal bis an unser Haus reichte. Auf dem Badeplatz beeilten sich alle so sehr als möglich. Ich hatte nun auch Schwimmen gelernt. Wir sprangen nur rasch ins Wasser, schwammen eine Strecke den Bach hinauf und kleideten uns wieder an. Wenn wir dann Arm in Arm nach Hause gingen, glänzte der Himmel rings um uns her in den zartesten Farben. Zwanzig Jahre später, wenn ich ein Kleid zu erfinden hatte, das zu arbeiten mir Freude machte, dann vergegenwärtigte ich mir immer die Himmelsbilder von damals. Die schönsten Harmonien von Grün, Rosa und Blauschwarz habe ich auf diese Weise zuwegegebracht. Eine blendendweiße Haut gehört freilich dazu, um ein solches Kleid tragen zu können. Aber ich wüßte niemanden von meinen Klientinnen, die die nicht gehabt hätte. Allmählich wurde das Wasser dann wirklich zu kalt und der Badeplatz blieb leer und verlassen.

Auf der hölzernen Galerie vor unserem Schlafzimmer war ein Eimer mit einer Brause aufgehängt. Morgens, wenn wir aufstanden, trat eine um die andere durch die Glastür hinaus und ließ sich das Wasser über den Kopf rieseln. Nur wenn es draußen fror, brachte man uns einen Kübel mit Wasser ins Schlafzimmer herein, wo es immer sehr warm war, da wir unserer sieben zusammenschliefen.

Eines Abends ging ich allein durch den Park. Es war kurz vor dem Nachtessen. Viele Bäume um mich waren schon kahl. Mein Auge hing am Horizont, der sich stetig veränderte. Alle drei Schritte drehte ich mich um, um mir nichts entgehen zu lassen. Dabei erinnere ich mich, daß mich ein tiefer Schmerz überkam, etwas wie Sehnsucht, wie ich sie noch nie empfunden, hinauszukommen, weit fort, in die große Welt hinaus. Wie ich so weiterging, stand ich unversehens vor dem Weißen Haus und sah etwas, das mich wie gebannt hielt und woran ich mich lange nicht satt sehen konnte. Es war ein leichter eleganter vierrädriger Wagen mit einem Pferde davor. Ich hatte schon mehrere Pferde gesehen an den Lastwagen, die durch den Park fuhren und vor jedem Hause hielten, um es zu verproviantieren. Sie wurden von älteren Mädchen in kurzem Wams, Pluderhosen und Stulpstiefeln geführt; aber nie hatte mich eines jener Tiere im geringsten zu interessieren vermocht. Hier wurde mir ganz seltsam. Ich sah die Augen und fühlte, daß ich ein menschliches Wesen vor mir hatte. Mein nächster Gedanke war Gertrud. Diese Stellung der Füße war Gertrud. Diese stolze Haltung hatte ich nur an Gertrud gesehen. Dieses sprühende Feuer in den Blicken, die Art, den Kopf zu schütteln, alles rief mir Gertrud vor Augen.

Auf dem Bock saß ein sehr hübsches Mädchen. Wie sie mich so versteinert dastehen sah, schnalzte sie leise mit der Zunge und das Pferd ging vorwärts. Sie führte es vor der Säulenhalle langsam im Kreis herum. Ich lief nebenher. Der Anblick verwirrte mich. Wie kam dieses Vorderteil mit dem Hinterteil zusammen. Das waren zwei verschiedene Geschöpfe, die nicht zueinander paßten. Oder vielleicht doch, gerade. Das Hinterteil schien mir häßlicher als das Vorderteil. Das Vorderteil zog mich mehr an, infolge seiner Eleganz; der schmale Ansatz der Beine; das hatte niemand von uns. Aber das Hinterteil des Pferdes war so riesenhaft, so übermenschlich, ich fühlte mich ganz beklommen. Und doch, abgesehen von den Augen und der ganzen Haltung, war es das Hinterteil, was am meisten an Gertrud erinnerte. Sie hatte die nämliche einfache, ruhige Bewegung in den Hüften, diese ruhige sichere Kraft, und auch die Art und Weise, wie sich die Schenkel aneinander rieben. Unwillkürlich dachte ich mir Gertruds schlanken Oberkörper über der mächtigen Croupe, aber dann gehörten auch ihre Füße dazu. Und plötzlich sah ich in dem Vorderteil die Knaben wieder, mit denen wir bei Gertrud zusammen Springen und Laufen gelernt. Die Sinne vergingen mir. Ich schlich müde nach Hause.

Beim Nachtessen erzählte Irene, daß vier von ihren Altersgenossinnen auserwählt worden seien. Irene war den gleichen Nachmittag im Weißen Haus gewesen. Sie hätten eben Musikunterricht bei Kairula gehabt, da seien zwei Damen in langen weißseidenen Kleidern in den Saal getreten. Simba sei mit ihnen hereingekommen. Sie hätten sich dann eine um die andere vor den Damen entkleiden müssen, und hätten eine nach der andern langsam vor ihnen durch den Saal gehen müssen. Nachher hätte jede noch tanzen und dann musizieren müssen. Wie sie alle dreißig Kinder in einer Reihe gestanden, hätten die Damen Olesia, Thekla und noch zwei andere zu sich gerufen. Sie hätten die vier Mädchen von oben bis unten untersucht. Dann seien sie mit ihnen und Simba wieder fortgegangen.

Pamela erzählte dann vom vorigen Jahr, wo die Auswahl bei ihnen stattgefunden. Sie hätten alle schon im voraus gewußt, daß es Isabella treffen werde. Blanka, die uns eben das Fleisch vorlegte, sagte, sie wisse auch schon, wen es im nächsten Jahre treffen werde. Pamela, Irene, Melusine und Filissa sahen auf Wera. Wera wurde dunkelrot bis unter die Haare. Sie warf Blanka einen Blick aus ihren schönen Augen zu, sah aber gleich wieder auf ihren Teller nieder. Ein feines Lächeln lag auf ihren geschlossenen Lippen.

Ich weiß, daß ich niemanden mehr gefragt habe, wozu man Olesia und Isabella auserwählt und was mit Wera nächstes Jahr werden würde. Aber ich weiß nicht, ob ich es aus Furcht nicht tat, oder ob ich nachgerade wie die anderen fühlen lernte. Blanka war die älteste von uns, sie hatte ihr dreizehntes Jahr zurückgelegt, und sie wußte gerade so wenig wie ich. Das sagte ich mir, wenn mir ein Gedanke kam. Ich erinnere mich auch nicht, in den späteren Jahren noch irgendwie von Neugierde geplagt worden zu sein. Während des letzten Jahres, das ich im Park verlebte, sah ich mindestens ebenso gleichmütig und ruhig meinem Austritt entgegen, wie es Blanka jetzt tat.

Der Winter war hereingebrochen. Es regnete jeden Tag. Wenn wir ausgingen nach dem Weißen Haus, nahmen wir schwere Mäntel über aus dunkelbraunem Tuch. Auf dem Kopf trugen wir Mützen aus Schwanenpelz. Im übrigen war unsere Kleidung die gleiche wie im Sommer. Des Abends saßen wir um den Kamin, in dem dicke Holzklötze brannten. Wir rückten auf unseren niederen Taburetts dem Feuer so nahe wie möglich; meistens hockten wir innerhalb der Kamineinfassung. Wera tanzte gewöhnlich mitten im Zimmer und Filissa schlug das Cymbal dazu. Draußen hörten wir die Raben krächzen, den Sturm heulen und die Bäume knarren. Schnee fiel nur wenig und wenn es einmal schneite, blieb er nicht lange liegen. Um so ärger war der Morast draußen im Park. Man sank auf den Wegen ein und kam oft ohne Schuhe in die Tanzstunde. Dabei gewahrte ich jetzt erst, daß der Park außer uns Mädchen noch andere Bewohner in seinen Mauern hegte. Alle hundert Schritt sprang ein Hase über den Weg und die Rehe kamen in der Abenddämmerung ans Haus heran und fraßen uns aus der Hand. Eines Abends, es mochte schon mitten im Winter sein, da sagte Blanka, die am Nachmittag im Weißen Hause gewesen, als wir uns zu Tisch setzten, zu Pamela, sie könne nicht mehr tanzen. Pamela bat sie, sie diesen Abend noch ins Theater zu begleiten. Nach dem Nachtessen nahmen beide ihre Mäntel über und gingen zusammen fort in die dunkle Nacht hinaus. Am anderen Tag hatte Pamela viel zu schwatzen, von dem Kostüm, das man ihr angezogen, von dem taghellen Licht, von Simba, von der dröhnenden Musik und von den Kostümen der anderen Mädchen. Am Abend ging sie allein fort und Blanka blieb mit uns zusammen. Als wir oben im Zimmer vor dem Kamin saßen, schnitt sie sich auf ihren Knien ein Stück Leinen zurecht, das sie dann selbst zusammennähte. Ein Muster hatte sie mitgebracht. Es lag vor ihr auf dem Fußboden. Über dem Leib war ein Durchzug darin zum Zubinden und unter dem Leib um jedes Bein eine handbreite Spitze. Sie war blaß und schläfrig und ging früh zu Bett.

Pamela war, während der Winter zu Ende ging, täglich übervoll von ihren neuen Erlebnissen im Theater. Bei Tisch gab es keine andere Unterhaltung. Sie sprach meistens mit Blanka und wir übrigen hörten aufmerksam zu. Sie war infolge des allnächtlichen Tanzens von früh bis spät in ununterbrochener Aufregung. Einmal fielen ihr bei Tisch Messer und Gabel aus der Hand und sie sank hintenüber. Des Morgens fuhr sie aufgeschreckt vom Bett auf, vollkommen wach, als hätte sie sich eben erst niedergelegt. Manchmal sah sie uns scheu von der Seite an, als kennte sie uns nicht mehr recht.

Blanka übte nach wie vor tagsüber mit uns, was jede gerade im Weißen Haus lernte. Sehr eifrig tanzte sie mit Wera zusammen. Beide wetteiferten in Grazie und Gewandtheit. Wera bot, wie sie sich zeigen mochte, einen entzückenden Anblick. Aber Blanka konnte mehr. Manchmal tanzten sie um die Wette, wer sich länger auf den Füßen halten konnte. Bald gewann die eine, bald die andere. Nachher sanken sie um wie die Fliegen. Natürlich ging Blanka immer noch jeden siebenten Tag ins Weiße Haus zu ihren eigenen Übungen mit ihren Altersgenossinnen, von denen, wie Pamela erzählte, gleichfalls eine um die andere aufhörte, abends im Theater mitzutanzen. Pamela gewöhnte sich allmählich daran. Sie wurde munterer und blickte wieder frei um sich her.

Im Park keimten die ersten Schneeglöckchen. Viele Tage und Nächte lang brauste ein schwerer feuchter Wind durch die nackten Bäume. Wir sperrten die Fenster auf, ließen unsere Mäntel zu Hause und kehrten oft barfuß von unseren Spaziergängen heim. Die ersten Sonnenstrahlen blendeten so furchtbar, daß wir mit geschlossenen Augen gingen, bis alsgemach ein Baum nach dem andern grün wurde und schließlich alles wie neuerschaffen aussah. Und eines Nachmittags, als Blanka ins Weiße Haus gegangen war, kam sie nicht wieder zurück.

Acht oder vierzehn Tage lang waren wir nur unserer sechs. Im Schlafzimmer rückte jedes um ein Bett hinauf und bei Tisch präsidierte Pamela. Einmal hatten wir uns gerade zum Abendessen gesetzt, als vor dem Haus eine Kiste abgeladen wurde. Wir eilten ins Schlafzimmer, wo man die Kiste aufstellte. Auf dem Deckel stand die Nummer unseres Hauses und der Name Betty. Pamela nahm den Schlüssel und schloß auf. Es trat ein nacktes Mädchen heraus.

III

Ich habe das erste Jahr meines Aufenthaltes im Park etwas ausführlich behandelt, und kann jetzt um so rascher über die folgenden hinweggehen. Manchmal habe ich der Erinnerung ein wenig Zwang angetan, indem ich der Vollständigkeit wegen Dinge eingefügt, deren ich mich in der Tat erst aus der späteren Zeit entsinne. Von nun an werde ich mich möglichst auf die nackten Tatsachen beschränken. Erlebt habe ich ja so wie so nicht viel während all der Jahre. Alles sind nur Bilder und Eindrücke. Damals, das weiß ich noch sehr gut, schlich mir die Zeit wie eine Schnecke dahin. Ich hatte das Gefühl, als müsse es so bleiben das ganze Leben lang und könne niemals aufhören. Wir waren glücklich, eine wie die andere, aber das war auch alles. Und da uns nichts aus der Eintönigkeit aufschreckte, wurden wir groß und dick. Wir hatten nichts anderes zu tun, als zu wachsen. Der Tanz begünstigte unsere Körperentwicklung und die Musik nahm nicht viel Lebenskraft in Anspruch. Aber wenn ich heute an jene sieben Jahre zurückdenke, erscheinen sie mir ganz ohne Zeitausdehnung, wie ein Augenblick, beinahe wie der Traum einer einzigen Nacht. Infolge der gänzlichen Unwissenheit, in der wir lebten, war unser Verkehr auf die einfachsten Elemente beschränkt. So erinnere ich mich auch nicht, daß mir all die Mädchen im Park jemals als geistig voneinander verschieden erschienen wären. Eine dachte und fühlte wie die andere, und wenn eine den Mund auftat, wußten immer alle übrigen schon, was sie sagen wollte. So kam es, daß wir sehr wenig sprachen. Bei den Mahlzeiten sagte oft keine ein Wort. Alle aßen schweigend in sich hinein. Nur an den körperlichen Unterschieden kannte man sich gegenseitig auseinander. Wenn eine »Ich« sagte, so meinte sie sich immer ganz damit, vom Scheitel bis zur Fußspitze. Wir fühlten unser Selbst in den Beinen und Füßen beinahe noch mehr als in den Augen und Fingern. Von keinem der Mädchen ist mir im Gedächtnis geblieben, wie sie sprach. Ich weiß von jeder nur noch, wie sie ging.

Pamela ging fein, ohne Ernst und Größe in ihrer Bewegung. Ihre Knie machten sich sehr geltend; man sah sie die Knie heben. Dabei hatte sie einen Mund, dessen Winkel leicht emporgezogen waren, dessen Unterlippe ein klein wenig vorstand, wie man es sieht, wenn jemand an einer Blume riecht. Die Schultern bildeten eine gerade Linie, und von Hüften war wenig zu sehen. Dazu ein Stumpfnäschen und große helle Augen mit feinen geraden Brauen darüber. Alles an ihr war schlank, vornehm, dezidiert und diskret. Wir verlebten ein glückliches Jahr unter ihrer Führung und sprachen oft über Blanka, die sie ebenso zurücksehnte wie wir anderen. Den Mittelpunkt des Hauses bildete übrigens während des Sommers noch Wera, an der wir mit Anbetung emporsahen. Ich wurde für die übrigen zum Gegenstand ihres Neides, weil Wera einmal einen langen Spaziergang mit mir unternommen, auf dem wir kaum ein Wort gewechselt. Wir kamen bis an das Ende des Parkes hinunter, wo er sich in Gestrüpp, Schilf und Morast verlor. Auf einmal standen wir vor der hohen Mauer, über die von außen ein Vogelbeerbaum herübersah. Da standen wir lange still und gingen umeinander herum. Auf dem Heimweg sahen wir ein Reh im Gebüsch. Es kehrte uns gerade seinen weißen Hintern zu. Als es uns hörte, sprang es davon. Ich erinnere mich, daß ich gerne Freundschaft mit ihm geschlossen hätte. Mir war so feierlich an Weras Seite, daß ich mich nach einem lieben guten Kameraden sehnte. Im Herbste kam es dann, wie Blanka vorausgesagt. Wera wurde ausgewählt und den ganzen Winter waren wir nur unserer sechs. Ihr herzberückender Tanz blieb uns noch lange lebhaft vor Augen. Ihre schmalen Gelenke, ihre schönen Glieder, ihre würdevollen Bewegungen hatte niemand von uns.

Von der kleinen Betty weiß ich nichts aus jener Zeit, als daß Pamela sie Mandoline spielen lehrte. Pamela ging bis in den Frühling hinein jede Nacht ins Theater. Dann meldete sich bei ihr die Reife und sie wurde von Irene abgelöst. Vierzehn Tage später verließ sie uns.

Während meines dritten Jahres war Irene unser Oberhaupt. Nach Pamelas Austritt hatten wir zwei neue Kinder bekommen, Amalie und Moilena, so daß wir jetzt wieder sieben waren. Amalie spielte mit Irene zusammen Gitarre. Moilena lernte die Harfe. Aber welch ein Unterschied zwischen ihren Stümpereien und Weras vollendetem Spiel.

In diesem Sommer war es, als eines Abends beim Baden ein etwa zehnjähriges Mädchen ertrank. Sie wurde mit vereinten Kräften herausgeholt und ans Ufer gelegt, rührte aber kein Glied mehr. Ihr Kopf war geschwollen und die Wange blutig gerissen. Nachdem man sie mehrmals beim Namen gerufen, hielten sich alle von ihr fern. Jedes Mädchen, auch die jüngsten, machte einen großen Bogen um sie herum und sahen nach der anderen Seite. Die älteste aus ihrem Hause meldeten den Vorfall, als sie abends zum Tanzen ins Theater ging, im Weißen Hause. Als wir am nächsten Abend wieder auf den Badeplatz kamen, war sie verschwunden.

Als Irene dann im nächsten Winter nicht mehr tanzen durfte, kam Melusine an die Reihe. Sie war erst elf Jahr alt, ein Jahr jünger als alle übrigen im Theater. Sie blieb während zweier Jahre unser Oberhaupt. Nach Irenens Austritt hatte man uns ein Mädchen Namens Barbara ins Haus gebracht. Wir waren jetzt, von oben an gezählt: Melusine, Filissa, ich, Betty, Amalie, Moilena und Barbara. Melusine unterrichtete Barbara auf der Schalmei. Filissa, Betty und ich hielten sehr zusammen. Wir tanzten des Abends zu dritt und erzählten uns nachts, bevor Melusine aus dem Theater kam, unsere Erlebnisse bei Simba und Kairula. Einmal, an einem hellen Winterabend, gelangten wir durch tiefen Schnee an den Ausgang des Parkes. Es war ein hohes eisernes Gitter, oben herum vergoldet. Durch das Gitter sah man die Straße zwischen zwei hohen Mauern durch, bis sie umbog. Dort saß ein Rabe auf der Mauer und krächzte. Betty wollte das Tor öffnen, aber es war zugeschlossen. Ein schwerer Riegel lag davor.

Im zweiten Jahre von Melusines Oberhoheit kam dann im Herbst für mich und meine Altersgenossinnen im Weißen Hause der große Moment der Auswahl. Ich gab mich von vornherein keinen Hoffnungen hin, das ist sicher. Dagegen aspirierte Lora sichtlich und entschieden auf die Ehre. Wenn sie schon von Natur alle Vorzüge besaß, volle, feste Formen, eine makellose, weiße Haut, ausdrucksvolle Gesichtszüge, feine Extremitäten, so tat sie überdies noch alles, was in ihrer Macht stand, um ihren Wert zu erhöhen. Es gab keinen Moment, wo sie sich selbst außer acht ließ, mochte man sie von vorne oder von hinten sehen. Im Laufe der vier Jahre hatte sie ihrem Körper eine solche Gelenkigkeit abgerungen, daß ihr keine Stellung, die sich denken ließ, unmöglich war. Dabei blieb sie heiter, gleichmäßig und bescheiden gegenüber einem jeden von uns. Es waren dann allerdings noch wenigstens drei Mädchen da, Iris, Diotima und Selma, die in allem mit ihr wetteiferten.

Wir hatten bei Simba Unterricht, als die beiden Damen, gefolgt von Kairula, hereintreten. Kairula wollte vor Freundlichkeit und Unterwürfigkeit aus den Fugen gehen, während Simba ganz ruhig blieb. Wir mußten uns entkleiden; welch ein sonderbares Gefühl! So sehr wir es unter uns gewohnt waren, einander nackt zu sehen, so hatte sich doch keine, seitdem sie im Park war, je vor Erwachsenen ohne Kleidung gezeigt. Viel machte es ja nicht aus, da beim Tanzen immer die Röcke in die Höhe flogen, und wir, ohne uns zu genieren, auf den Händen gingen. Aber das sah man selber nicht, und es blieb immer das Empfinden der Kleidung zurück. Jetzt sah ich bei einer wie der anderen, während wir uns mitten im Saal entkleideten, wie sie rot im Gesicht wurde, mit den Augen zwinkerte und sich auf die Lippen biß. Auch der Schuhe und Strümpfe mußten wir uns so entledigen und jedes seine Habe dann auf den Diwan tragen.

Dann wurde eine nach der anderen bei Namen aufgerufen. Als die Reihe an mich kam, sauste es mir vor den Ohren und vor den Augen sah ich rote Flammen. Nachdem ich, die Hände eingestützt, die Ellbogen nach hinten, mit langsamen Schritten durch den Saal gegangen, mußte ich einen Augenblick tanzen, nur solange, bis ich recht ins Feuer gekommen, und dann etwas Beliebiges spielen. Ich hatte kaum den Bogen abgesetzt, als ich schon nicht mehr wußte, was ich gespielt hatte. Nachdem wir alle Revue passiert, riefen die Damen Diotima, Fanny, Olympia und Selma vor sich. Sie besahen die Mädchen noch einmal von vorne, von hinten, von beiden Seiten, betasteten die Muskeln, die Weichen, prüften Hände und Füße, untersuchten die Zähne, die Haare, die Augen, die Fingernägel, und als das alles geschehen war, schickten sie Selma an ihren Platz zurück und ließen Iris vortreten. Iris wurde ebenso sorgfältig untersucht und dann mit Olympia verglichen. Olympia, das sah ich jetzt erst, war wirklich ein schönes Mädchen. Überdies war sie die Jüngste und eine der größten von uns. Aber auch Iris wurde wieder zurückgeschickt und die Damen riefen Lora vor. Lora hatte keinen Tropfen Blut im Gesicht, aber sie hielt sich heldenmütig aufrecht und bot ihren Körper mit wahrer Lust der Untersuchung dar. Als sie die Zähne zeigen mußte, zog sie die Lippen zurück, zugleich mit einem flammenden Blick aus ihren tiefblauen Augen, die sie bis dahin gesenkt gehalten, so zwar, daß die Dame, die sie dazu aufgefordert, den Blick nicht auszuhalten vermochte und sich mit einer Bemerkung an ihre Begleiterin wandte. Loras Körper erschien mir so strotzend in diesem Augenblicke, gleichsam als bäume er sich in verletztem Stolz, und wolle sich in seiner ganzen Herrlichkeit präsentieren.

Die Damen nahmen Diotima, Olympia, Fanny und Lora, wie sie waren, mit sich; wir übrigen kleideten uns wieder an und tanzten unsere alltäglichen Sprünge weiter.

In der folgenden Nacht träumte ich von Lora. Sie kam in einem weiten roten Mantel daher. Wir Mädchen, hunderte und hunderte, bildeten Spalier, zwei endlose Reihen, zwischen denen sie durchschnitt. Sie war vollkommen ausgewachsen, sehr groß und noch um vieles schöner. Ihr Haar war mit weißen Blumen bekränzt, und an ihrer Seite hatte sie einen kleinen Knaben, den sie herzlich an sich drückte. Als sie bei mir vorbeikam, verneigte ich mich und sah dem Knaben unter die Augen. Es war Morni. Wie ich dann wieder nach Lora sah, war sie fort und Morni allein blieb zurück. Aber wir vertrugen uns schlecht. Wir stritten lange miteinander über irgend etwas und gingen traurig auseinander.

Es war mitten im Winter, als Melusine endlich, nachdem sie zwei Jahre jeden Abend im Theater gewesen, mit der Nachricht nach Hause kam, sie dürfe nicht mehr tanzen. Filissa löste sie ab. Filissa war ein sehr gemütliches, munteres, elastisches Geschöpf. Schade, daß sie blond war. Das war das einzige, was mir an ihr mißfiel. In der dritten Nacht kam sie mit Striemen um die Beine heim. Sie erzählte, Simba habe ihr die beigebracht. Sie führten ein Stück auf, in dem Simba jeden Abend eine durchprügle, und da sie die jüngste sei; habe man ihr die Rolle zuerteilt. Das Stück werde noch bis zum Frühling gegeben, aber es mache ihr nichts. Man tanze nachher nur um so besser. Das Theater sei jeden Abend bis auf den letzten Platz besetzt, und wenn die betreffende Stelle komme, höre man die Leute immer schon im voraus jauchzen. Nachher werde sie dann zur Königin gekrönt, und in den kostbarsten Gewändern auf einem goldenen Throne herumgetragen.

Im Frühjahr kam Melusine fort und Lydia wurde ins Haus gebracht. Filissa hatte die Oberherrschaft. Alles ging behaglich unter ihrem Regiment. Vom ersten Tag an studierte sie der kleinen Lydia das Cymbal ein, und die beiden vollführten manchmal einen Lärm, daß man es auf eine halbe Meile weit im Park draußen hörte. Sie war heftig und grob gegen die Kleine, aber immer so, daß sich das Mädchen dabei amüsierte. Da Filissa ihre Gunst und Aufmerksamkeit jetzt auf alle verteilen mußte, hielt ich mich speziell an Betty, die ihrerseits jemanden brauchte, dem sie alles erzählen konnte. Sie hatte Erlebnisse mit Kairula, die sie einer anderen hintansetzte, die die Mandoline schlechter spielte als sie. Ferner hatte sie sich in eine ihrer Altersgenossinnen vergafft, die die Füße hinter dem Kopf zusammenlegen, mit den Armen ihre Schenkel umfassen und mit den Händen vor dem Leib Mandoline spielen konnte. Außerdem konnte jenes Mädchen noch mit hinter dem Kopf zusammengelegten Füßen auf den Händen gehen, so daß das Ganze aussah wie ein wandelnder Stern. Im Herbst kam Betty eines Abends von der Auswahl nach Hause, wütend, da man sie nicht ausgewählt, auch nicht einmal den wandelnden Stern, sondern ein hochnäsiges unverschämtes Geschöpf, einen Fleischklumpen mit Bollaugen, an dem nichts menschlich war, als die Füße.

Dann kam der Winter mit sehr viel Schnee und bodenlosen Wegen, und eines Abends beim Nachtessen sagte mir Filissa, ich müßte heute mit ihr gehen.

Mir schlug das Herz. Wir hüllten uns in unsere Mäntel und verließen das Haus. Da es stockfinster war, nahm mich Filissa bei der Hand und zog mich hinter sich her. Sie wußte bei jedem Schritt, wo den Fuß hinsetzen, und half mir über die Pfützen hinüber. Trotzdem war ich bis an die Knie von Schmutz bedeckt, als wir im Weißen Haus anlangten. Das Vestibül war hell erleuchtet. Wir stiegen rechts die Treppe hinunter und gelangten in die Garderobe. Dort zog ich mir Schuhe und Strümpfe aus, und ein altes Weib reinigte mir die Füße. Ringsumher saßen Mädchen, die Filissa begrüßten und beglückwünschten. Mir warfen sie Seitenblicke zu und sprachen über meine Beine.

Filissa hatte mir gesagt, ich müsse als Bäuerin tanzen. Sie führte mich zu den Mädchen, die die nämliche Rolle hatten wie ich, und überließ mich meinem Schicksal. Wir waren unserer fünf Bäuerinnen, darunter eine Solistin, die als solche auf dem Programm aufgeführt war. Nachdem wir uns entkleidet, nahmen wir aus einem Schrank an der Wand unsere Kostüme, die sehr einfach waren, ein Röckchen, blau oder rot, das von der Taille bis auf die Knie reichte. Dazu schwere Holzschuhe, mit denen wir auf dem Boden klapperten. Das Haar flochten wir uns gegenseitig in Zöpfe.

Das Stück, welches an jenem Abend aufgeführt wurde, hieß »Der Mückenprinz«. Es war von Ademar, den ich zehn Jahre später, mit zweiundzwanzig Jahren, persönlich kennen lernte und dem ich, was meinen Lebensberuf betrifft, viel Anregung und Unterstützung zu verdanken habe. Die Personen waren folgende:

Hächi-Bümbüm, ein alter Zauberer.
Ada, seine Tochter.
Prinz Leonor.
Tremor, dessen Leibarzt.
Kammerherr von Heidebod.
Winnyfred, eine Hofdame.
Lina, eine Bäuerin.
Tutos, eine männliche Mücke.
Aretusa, eine weibliche Mücke.

Kammerherren, Hofdamen, Bäuerinnen und Mücken.

Allmählich füllte sich die ganze Garderobe mit Mädchen, die sich kostümierten. Simba stand mitten unter uns und beaufsichtigte alles, was vorging. Ich hätte sie kaum wiedererkannt. Sie spielte den alten Zauberer. Sie steckte in einem langen faltigen, weiß und gelben Gewand, über und über mit Hieroglyphen bedeckt. Auf dem Kopf trug sie einen spitzen, hohen, weißen Hut, ihre Augenbrauen waren weiß geschminkt, und vom Kinn herab wallte ihr ein langer weißer Bart. Sie rauchte eine dunkle Habana und hielt in der Hand einen Zauberstab.

Nachdem wir Bäuerinnen alle in unseren Röckchen und Holzschuhen steckten, versammelten wir uns am äußersten Ende der Garderobe um ein altes verschmitztes Weib, die einer nach der anderen von uns knallrote Backen schminkte. Während wir noch bei ihr standen, kamen die Hofdamen, unter ihnen Heidi, die schon seit dem Herbst mittanzte. Die Hofdamen trugen weiße Atlasschuhe und weiße Musselinröckchen von der Taille bis auf die Füße, mit zwei breiten Trägern aus Musselin über die Schultern weg, im Haar einen weißen Federbusch. Die Mücken und die Kammerherren waren schon fix und fertig. Zwischen dem Gewühl von Tänzerinnen stolzierten mit erhobenem Kopf die Solisten einher; Franziska, die größte der Mädchen, die den Prinzen Leonor spielte, ganz in rotem Trikot, mit einem weiten weißen Mantel und einem blauen Barett auf den Locken; dann seine zukünftige Gemahlin, die Tochter des alten Zauberers, ein Mädchen Namens Rosalwa, in langem weißseidenen Gewand mit Goldstickerei. Während wir uns schminken ließen, ertönte ununterbrochen ein dumpfes Rollen aus der Richtung vom

Theater her. Eines der Mädchen erklärte mir, das sei die unterirdische elektrische Bahn, mit der das Publikum abends aus der Stadt her ins Theater fahre. Wir befanden uns gleichfalls unter der Erde. Die Garderobe reichte mit dem einen Ende unter das Weiße Haus, und mit dem anderen bis dicht an das Theater. Dann kam ein kurzer enger Gang, der zur Bühne führte.

Nachdem alle kostümiert und geschminkt waren, hielt Simba Revue. Wir standen in einer Reihe, die die ganze Länge der Garderobe einnahm, zu oberst die neun Solisten, dann die Kammerherren, die Hofdamen, die Mücken und ich zu unterst als letzte Bäuerin. Simba ging vor und hinter uns durch. Darauf bewegte sich der Zug durch den langen dunklen Gang ins Theater.

Noch heute erinnere ich mich, wie beängstigend plötzlich das fürchterliche Getrampel über uns und das Getöse der vielen hundert Stimmen auf mich einwirkte, das zu uns herunter tönte. Wir befanden uns in dem dunklen Korridor, der unten rings um die Bühne herumführte. Die einzelnen Gruppen standen beieinander. Niemand sprach ein Wort. Filissa hatte mir gesagt, ich solle nur acht geben, was die übrigen Bäuerinnen tun, und alles genau nachmachen. Sehen konnte man von unserm Platz aus noch nichts als die weißen Stufen, die ringsum zur Bühne hinanführten. Auf einmal wurde das Getöse von einer ohrzerreißenden Musik übertönt. Es dauerte aber trotzdem fort und wurde, als die Musik aufhörte, nur noch lauter. Dann erklang eine Glocke, alles war grabesstill, die Musik setzte von neuem ein, und von allen Seiten stiegen wir die Stufen hinan und lagerten uns um die Rampe.

Dann kam zuerst der Mückentanz, von dem ich wenig sah an jenem Abend, da ich anfangs die Augen nicht öffnen konnte. Wir waren, wie wir so dalagen, von allen Seiten aufs grellste beleuchtet, von oben durch den großen Reflektor, der von der Mitte des Daches herunterhing, von unten durch den dichten Kranz von Lampen an der untersten Sitzreihe. Die Musik erdröhnte von der obersten Galerie herunter. Die Sitzreihen, die auf allen Seiten amphitheatralisch anstiegen, waren bis hinauf nach vorne hin vergittert und im Innern dunkel, so daß wir nicht einmal unterscheiden konnten, ob sie besetzt waren oder nicht. Nie hat eine von uns Mädchen auch nur eine einzige Physiognomie aus dem Publikum erkennen können. Um so deutlicher vernahmen wir bei den entsprechenden Stellen das Beifallsgeheul bis unters Dach hinauf, in den Zwischenakten das Schwadronieren und Schreien, und hin und wieder Gläsergeklirr.

Die Mücken waren von der Bühne verschwunden, bis auf zwei, die sich zu haschen suchten und voreinander flohen. Es waren Tutos und Aretusa. Mit den eingestützten Ellenbogen bewegten sie ihre schmalen langen Flügel aus durchsichtigem Papier. Ebenso durchsichtig wie die Flügel war ihr Kostüm aus schwarzem Tüll, aus dem unten nur die nackten Füße hervorsahen. Es war eine Art Sack, um die Knöchel geschlossen, so daß sie nur ganz kleine Schritte machen konnten. Um Kopf und Stirn trugen sie einen goldenen Ring mit einem langen, biegsamen, blutroten Stachel. Die ganze Bühne war mit grünem Plüsch bedeckt, aus dem ein magerer Apfelbaum emporwuchs. Um diesen Baum herum tanzten die beiden Mücken, bis sie sich schließlich gefangen hatten und sich, aufrecht stehend, mit niedergehaltenen Flügeln innig umschlangen. Das Haus erdröhnte von Händeklatschen und Bravogebrüll.

Im selben Moment erhoben wir Bäuerinnen uns von den Treppenstufen und stapften mit unseren Holzschuhen über die blitzende Rampe auf den Plüschteppich, während von der anderen Seite Prinz Leonor, mit einem Schmetterlingsnetz in der Hand, die Bühne betrat. Erst jagte er die beiden Mücken auseinander. Dann begrüßte er uns, schüttelte uns die Hände und küßte eine nach der anderen ab. Die Mücken hatten sich inzwischen wieder gefunden, der Prinz scheuchte sie von neuem auf und machte Jagd auf sie. Wir Bäuerinnen halfen ihm. Zuerst fing er Tutos, das Mückenmännchen, hielt es an den Flügeln fest und schickte zwei von uns aus, um einen Käfig zu holen. Die beiden brachten einen großen hölzernen Käfig mit goldenen Stäben aus dem Korridor herauf, und Prinz Leonor sperrte die Mücke hinein. Dann fing er Aretusa und schickte eine von uns, eine Stecknadel zu holen. Die Betreffende kam mit einer Stecknadel von Armlänge zurück. Der Prinz steckte dem Mädchen, das die Aretusa spielte, die Stecknadel von vorne durch den Musselin unter dem Leib durch und spießte sie so vor den Augen ihres eingekerkerten Geliebten an den Apfelbaum. Aretusa schlug eine Weile mit den Flügeln, zappelte mit den Beinen, dann verdrehte sie die Augen und starb. Nun schlang Prinz Leonor Lina, der Solistin unter uns Bäuerinnen, den Arm um den Leib und zog sie gewaltsam vor den Käfig unter den Apfelbaum. Dort legte er sich mit ihr ins Gras und breitete seinen weißen Mantel über sich und das Mädchen aus. Wir übrigen reichten uns die Hände zu einem Reigen und tanzten um das Paar herum. Das Mückenmännchen kehrte sich im Käfig um. Wieder erbebte das Haus unter dem Trampeln, Klatschen und Bravorufen der Zuschauer.

Jetzt kam Hächi-Bümbüm, der alte Zauberer, mit seiner Tochter Ada des Weges daher. Der Prinz schickte uns Bäuerinnen samt seiner Geliebten fort, schüttelte dem Zauberer die Hand, sank vor seiner Tochter auf die Knie und erklärte ihr seine Liebe, indem er ihr als Brautgeschenk die im Käfig eingekerkerte Mücke bot. Ada beschwor ihren Vater um seine Zustimmung, sank ebenfalls in die Knie, und der Zauberer erteilte dem Paar seinen Segen. Damit war der erste Akt zu Ende.

Wir Bäuerinnen hatten während dieser letzten Szene wieder außerhalb der Rampe, auf den obersten Stufen der rings zur Bühne hinaufführenden Treppe gelegen. Das Publikum im ersten Rang sah uns da direkt vor sich. Zwei tiefe, rauhe Stimmen, die ersten Männerstimmen, die ich in meinem Leben gehört, und die mir heute, nach einundfünfzig Jahren, noch im Ohr klingen, kritisierten meine Waden. Auf einmal durchfuhr mich ein tödlicher Schreck. Einer meiner Holzschuhe war mir vom Fuß gefallen und über die Stufen hinuntergepoltert. Ich wagte mich bis zum Schluß des Aktes nicht zu rühren. Als die Musik verstummte, zog sich das ganze Personal wieder in den Korridor unter dem Zuschauerraum zurück.

Erst drei Jahre später, als ich mit meinem damaligen Freund und Beschützer Fabian zum erstenmal als Zuschauerin im Theater war, sollte ich erfahren, was es eigentlich für eine Bewandtnis mit den allabendlichen Vorstellungen hatte, daß nämlich aus dem Ertrag derselben die Betriebskosten für den ganzen Park bestritten wurden. Wir saßen damals im nämlichen Rang, in dem sich jetzt die beiden Herren über meine Waden unterhielten. Der Platz kostete 30 Kronen. Wie gerne wäre ich mit Fabian öfter hingegangen, aber das erlaubten uns unsere Verhältnisse nicht. Ich mußte mich gedulden, bis ich mir eine Stellung in der Welt errungen.

Die kreisrunde Scheibe, welche die Bühne bildete, wurde während des Zwischenaktes hinuntergelassen und für den folgenden Akt hergerichtet. Als die Glocke ertönte, die Musik erscholl und wir uns wieder um die Rampe lagerten, stand mitten auf der Bühne ein goldenes Bett, davor eine lange gedeckte Tafel und dahinter ein Tisch mit dem Käfig darauf, in welchem Tutos, das Mückenmännchen, gefangen saß. Den Boden bedeckte ein türkischer Teppich.

Darauf betrat der Hochzeitszug die Bühne, voran Prinz Leonor mit der schönen Ada; hinter ihnen der Zauberer Hächi-Bümbüm. Dann kam der Kammerherr von Heidebod mit der Hofdame Winnyfred am Arm. Den Schluß bildeten die übrigen Kammerherren, deren jeder eine Hofdame führte. Die Mädchen, die die Kammerherren spielten, trugen Rosasocken und schwarze Schnallenschuhe, außerdem einen schwarzen Frack, der in der Taille zugeknöpft war und eine weiße Weste mit Hemdeinsatz, Stehkragen und weißer Kravatte sehen ließ. Die Hofdamen erschienen vorn und hinten bis auf die Taille ausgeschnitten, was nicht hinderte, daß durch den weißen Musselin der ganze Körper sichtbar wurde. Weiße Glacéhandschuhe fehlten keinem der Hochzeitsgäste.

Die Gesellschaft setzte sich zu Tisch. Der alte Zauberer wies sämtliche Speisen zurück und rauchte statt zu essen eine Habana. Nach beendigter Tafel erhoben sich die Kammerherren und Hofdamen und tanzten einen Reigen. Darauf verabschiedete sich der Zauberer ebenso wie die übrigen Gäste, und es blieb nur das Hochzeitspaar mit zwei Hofdamen, die zuerst die Braut entkleideten und zum Bett geleiteten und dann ebenso mit dem Prinzen verfuhren. Der Prinz sowohl wie seine junge Gemahlin trugen ein weißes Spitzenhemd, das ihre Blößen bedeckte.

Die Hofdamen hatten sich zurückgezogen, die Musik flötete eine süße Melodie und das Publikum brach ein über das andere Mal in Bravogeheul aus. Das Hochzeitspaar lag unter einer rotseidenen Decke. Nachdem sich das Publikum beruhigt, sprang der Prinz auf, zog die schöne Ada an den Haaren aus dem Bett heraus, schleppte sie zu dem goldenen Käfig, ließ die Mücke heraus und sperrte seine Gemahlin hinein. Darauf verließ er die Bühne, kam mit einer der Hofdamen zurück, zog ihr die weißen Atlasschuhe ab und ging, ohne sie erst noch weiter zu entkleiden, mit ihr zu Bett. Die junge Gemahlin, die im Hemd im Käfig saß, schlug wie wahnsinnig gegen das Gitter. Der Prinz zog die rotseidene Decke über sich und die Hofdame, und das Publikum jauchzte vor Wonne.

Derweil war aber die Mücke mit ihren langen Flügeln herangeschwirrt und hüpfte aufs Bett. Prinz Leonor verscheuchte sie mit dem Taschentuch. Nun summte sie auf der Bühne umher und wartete, bis die beiden eingeschlafen waren. Dann schwebte sie leise zum Bett, kniete über der Hofdame nieder und bohrte ihren Stachel durch die seidene Decke. Die Hofdame fuhr mit einem Schrei empor, und die Mücke entfloh. Der Prinz, der darüber erwacht war, wollte seiner Liebe noch einen Kuß geben, stieß aber auf Widerstand. Er zog sie zum Bett heraus, und da zeigte es sich, daß sie einen geschwollenen Bauch hatte. Das Mädchen hatte sich, um die Geschwulst darzustellen, während sie noch unter der Decke war, ein Kissen unter das Kleidchen hinaufgestopft. Der Prinz jagte sie fort, warf ihr ihre weißen Atlaspantoffeln nach und ging, um sich eine andere zu holen.

Er kam mit Lina, der Bäuerin mit langen Zöpfen, blauem Röckchen und Holzschuhen zurück. Lina mußte ihr Röckchen abstreifen, der Prinz hob sie aus ihren Holzschuhen, legte sie ins Bett, streckte sich neben sie und zog die seidene Decke herauf. Erneutes Wonnegebrüll in allen Rängen. Die fürstliche Gemahlin schlug wieder gegen die Gitterstäbe, die Musik säuselte in den höchsten Tönen, und der Prinz und die Bäuerin schliefen, innig aneinander geschmiegt, ein.

Nun kam die Mücke wieder aufs Bett geschwirrt, kauerte über dem Prinzen nieder und stach ihn, durch die seidene Decke durch, in den Bauch. Der Prinz erwachte, fuhr empor, sprang aus dem Bett und fand seinen Bauch unter dem Spitzenhemd ebenso dick geschwollen, wie vorher den der Hofdame. Seine Gemahlin im Käfig klatschte vor Freude in die Hände. Der Prinz ballte die Fäuste, holte sein Schmetterlingsnetz, fing die Mücke und sperrte sie zu seiner Gemahlin in den Käfig ein.

Nach Schluß des zweiten Aktes zogen wir uns wieder in den dunkeln Korridor zurück. Wir Bäuerinnen hatten während des ganzen zweiten Aktes nichts zu tun gehabt, als auf den Stufen zu liegen und unsere nackten Oberkörper und Waden sehen zu lassen. Franziska, das Mädchen, das den Prinzen spielte, war mir derweil zu einem rätselhaften Wunderding geworden. Franziska hatte ebensowenig eine Ahnung von dem, was sie spielte, wie ich. Alles was wir wußten, war, daß das Zubettgehen zu Zweien verboten war. Das erklärte uns das Hallo im Publikum. Franziska gab ihre Rolle aber mit solcher Wärme und Überlegenheit, daß mich die Aufregung nicht mehr die Augen aufschlagen ließ. Jetzt kam sie aus der Garderobe. Ich fürchtete mich, sie anzusehen. Sie hatte sich wieder kostümiert, ihren geschwollenen Bauch aber unter dem roten Trikot beibehalten. Sie besah sich von allen Seiten im Spiegel, dann ging sie mit ihren graziösen Schritten zwischen uns durch und suchte die Hofdame Winnyfred, die ihren dicken Bauch gleichfalls noch für den letzten Akt nötig hatte.

Die Musik erdröhnte und wir stiegen wieder die Stufen hinan. Die Szenerie war unverändert. Ada, die Zaubererstochter, saß noch mit der Mücke im Käfig. Prinz Leonor schickte den Kammerherrn Heidebod nach seinem Leibarzt aus. Der Leibarzt war eigentlich nur eine Maske, ein kreidebleicher Kopf mit schwarzem Bart auf einer Querleiste, über die ein langer Talar hing. Unter diesem Talar steckte die kleinste von uns Mädchen, und streckte ihre dünnen Ärmchen zu den weiten, schwarzen Ärmeln heraus. Der Prinz machte den Leibarzt auf seinen und der Hofdame dicken Bauch aufmerksam, und verlangte Hilfe von ihm. Der Leibarzt schüttelte seinen bleichen Kopf und zuckte die Achseln. Darauf holte der Prinz seine Gemahlin aus dem Käfig, nahm ihr das Hemd auf und zeigte dem Leibarzt, daß sie keinen dicken Bauch habe, wiewohl sie die ganze Nacht mit der Mücke zusammengesessen. Der Leibarzt entschloß sich schließlich, eine Operation vorzunehmen. Er holte einen Hahnen, schlug ihn dem Prinzen in den Bauch und drehte daran. Es kam aber nichts heraus. Darauf zog der Prinz sein Schwert und schlug dem Leibarzt den Kopf ab. Der Kopf rollte über die Bühne, der Leibarzt fiel um, der Prinz aber sprang dem Kopf nach und schleuderte ihn mit dem Fuß hoch in die Luft hinauf, daß er oben im vierten Rang hinter dem Logengitter zwischen die Leute fiel. Darauf trug der

Prinz, immer noch den Hahnen im Bauch, seine Gemahlin auf den Armen ins Bett, winkte den Kammerherrn von Heidebod heran, und gebot ihm, sich zu ihr zu legen.

Jetzt trat Hächi-Bümbüm, der alte Zauberer, mit der brennenden Habana herein. Seine Tochter flog ihm an den Hals und weinte. Der Zauberer stellte den Prinzen zur Rede. Der Prinz aber nahm ihn am Arm, führte ihn zum Käfig und sperrte ihn zu der Mücke ein. Dann zog er seiner Gemahlin das Hemd aus, riß sie vor den Augen ihres Vaters zu Boden und befahl dem Kammerherrn von Heidebod, sich ihr über den Kopf zu setzen, während sich ihr die Hofdame Winnyfred mit dem dicken Bauch auf die Füße setzen mußte. Prinz Leonor rief nun zunächst sämtliche Hofdamen herbei, und ließ sie, eine nach der anderen, über die Prinzessin wegschreiten. Dann kamen die Kammerherren in ihren Rosasocken und schwarzen Schnallenschuhen an die Reihe, und zuletzt holte er uns Bäuerinnen. Lina hatte mir gesagt, ich müsse acht geben, daß ich das Mädchen nicht wirklich trete, sondern ihr nur den einen Fuß auf den Leib setze, während ich mit dem anderen über sie wegspringe. Um so lauter müßten wir vor und nachher mit den Holzschuhen klappern.

Der alte Zauberer hatte jedoch derweil mit seinem Zauberstabe die Gitterstäbe durchfeilt und trat heraus. Er berührte uns allen, den Prinzen inbegriffen, die Füße, so daß sich niemand mehr vom Platz rühren konnte. Dann half er seiner Tochter auf, winkte das Mückenmännchen aus dem Käfig her, schnitt ihm die Flügel ab, blies ihm Tabakrauch ein und machte auf diese Weise einen Menschen aus ihm. Dem Prinzen riß er den Mantel und die Trikots vom Leibe und machte ein Zeichen in der Luft, worauf sämtliche Mücken angeschwirrt kamen, über den Prinzen herfielen und ihn blutig stachen, bis er tot war. Den Hofdamen, den Kammerherren und uns Bäuerinnen, die wir immer noch regungslos dastanden, berührte der Zauberer mit seinem Stab die Hände. Darauf stürzten wir vornüber und gingen im ganzen Umkreis der Bühne, der Rampe entlang, auf den Händen einher. Den Hofdamen fielen ihre Musselinröckchen dabei über die Taille bis auf den Boden, und sie streckten nur noch ihre Atlasschuhe in die Luft. Den Mädchen, die die Kammerherren spielten, baumelten die Frackschöße vor dem Kopf. Uns Bäuerinnen fielen die Holzschuhe von den Füßen, während unsere Zöpfe auf dem Boden schleiften. Inmitten dieses Reigens schickte der alte Zauberer seine Tochter mit dem neuen Menschenkinde zu Bett.

Der Schnee fiel dicht, die Wege leuchteten und ich hörte meine eigenen Schritte nicht, als ich spät in der Nacht allein nach Hause ging. Ich trat ins Schlafzimmer und machte Licht. Ein sonderbarer Anblick, die sechs Mädchen so ruhig schlafen zu sehen. Ich fror und schlupfte rasch ins Bett. Kaum hatte ich jedoch die Augen geschlossen, als sich das Stück weiterspann. Der Prinz schlug der Prinzessin den Kopf ab, die Mücken flatterten hoch oben zwischen den Rängen unter dem Plafond umher, und am anderen Morgen war mir schlecht und elend wie nie zuvor.

Der »Mückenprinz« wurde zweihundertmal gegeben. In den letzten dreißig Vorstellungen spielte ich den Kammerherrn von Heidebod. Als ich eines Abends in meinem Frack aufrecht auf den Stufen vor dem ersten Rang stand, sagte hinter dem Gitter eine Stimme, bei deren Klang ich plötzlich mein Herz schlagen hörte: »Dir fehlt das Beste.« Im Zwischenakt erzählte ich das den übrigen Kammerherren, unter denen jetzt auch Iris und Selma mittanzten; aber wiewohl wir unsere ersten Jahre alle mit Knaben verlebt, kam doch keine von uns darauf, was die Stimme gemeint hatte, so blindlings tanzten wir allabendlich unsere Rollen durch, so wenig ließen wir uns träumen von dem, was wir spielten.

Als der »Mückenprinz« aufhörte, das Haus zu füllen, nahm Simba das ständige Repertoir wieder auf, bestehend aus etwa zehn Stücken, alle im nämlichen Genre, die der Reihe nach abwechselten. Während dieser Zeit gab es viel zu lernen. Simba verwendete unsere Nachmittage im Weißen Hause darauf. Während eines Nachmittags studierte sie uns manchmal zwei Stücke ein. Erst im Herbst kam dann wieder eine Novität: »Der Sumpflöwe«, von einem gewissen Donald, die, solang ich tanzte, ihre Zugkraft behielt.

Filissa war im Frühling eines schönen Tages nicht wieder gekommen. Wir hatten in der letzten Zeit wenig zueinander gesagt. Mir schien, als blickte sie mit Neid auf mich, als empfinde sie, daß sie ihre schönste Zeit hinter sich habe. Sie war apathisch, ließ sich tagsüber von den anderen vortanzen, rührte selbst aber kaum mehr die Füße.

Am ersten Nachmittag im Weißen Haus, nachdem Filissa fort war, hielt Simba mir und meinen Altersgenossinnen, ehe sie mit dem Tanz begann, eine förmliche Rede. Sie sprach so feierlich, wie sie noch niemand hatte sprechen hören, mit erhobenem Kopf, die Augen in die Ferne gerichtet, ohne eine von uns eines Blickes zu würdigen.

»In diesem Jahre«, sagte sie, »hat jede von euch die heiligste Aufgabe zu erfüllen, die ihr jemals zu erfüllen haben werdet. Ihr habt sechs Mädchen zu Hause unter eurer Obhut. Daß diese Mädchen schön und groß und stark werden, wie ihr es seid, dafür seid ihr mir verantwortlich. Daß diese Mädchen tanzen und ihre Glieder gebrauchen lernen, wie ihr es gelernt habt, dafür seid ihr mir verantwortlich. Ich werde euch sagen, was an den Mädchen zu tadeln ist und wenn es nicht besser wird, so seid ihr mir dafür verantwortlich. Daß die sechs Mädchen glücklich unter eurer Obhut sind, daß sie euch alle gleich gern haben, daß es ihnen wohl ist in eurem Hause und daß die Sommer und Winter gesund und fröhlich sind, dafür seid ihr mir verantwortlich.«

»In diesem Jahr«, sagte sie weiter, ohne uns anzusehen, »werdet ihr eine große Veränderung erleben. Der Kopf wird euch brummen, ihr werdet müde und traurig sein. Wenn ihr die Veränderung wahrnehmt, sagt es mir.«

Jede von uns ging, als die Übung aus war, so rasch wie möglich ihrer Wege, nur um allein zu sein. Simbas Worte lagen so drückend auf mir, daß ich hätte in die Luft hinauf schreien mögen. Nach dem Nachtessen lief ich, was ich konnte, ins Theater, um Farben zu sehen und Musik zu hören.

Sieben Tage nachher sagte uns Kairula etwas Ähnliches. Aber ihre alberne und plumpe Ausdrucksweise trug nur dazu bei, den Eindruck, den uns Simbas Rede hinterlassen, abzuschwächen und uns mit allem auszusöhnen. Sie kam auch auf die betreffende Veränderung zu sprechen, tat aber so geheimnisvoll und brauchte so gesuchte, rätselhafte Ausdrücke, daß wir Mühe hatten, das Lachen zu verbeißen. Nachdem Kairula zu uns geredet, sahen wir Mädchen einander wieder ganz offen an.

Und dann verflossen noch einige lange Tage, während deren ich es von früh bis spät vor Ungeduld kaum aushielt, bis eines Abends richtig wieder eine Kiste in unser Schlafzimmer transportiert wurde. Mir zitterten die Arme, als ich aufschloß. Auf dem Deckel stand »Arabella«. Als das Kind aber heraustrat, wurde mir eiskalt. Starr und leblos glotzte es uns an. Die ganze Nacht durch bebte ich vor dem folgenden Morgen, wo ich anfangen mußte, ihm Unterricht zu erteilen.

Der folgende Tag war der glücklichste, den ich im Park erlebt habe. Das süßeste, reizendste, schwarzlockige, blauäugige Geschöpfchen setzte sich am Morgen mit uns zum Frühstück. Den ganzen Tag waren wir zusammen mit der Geige beschäftigt, die Blanka dagelassen, und als man abends zum Baden ging, hatte Arabella schon ein kleines Lied spielen gelernt. Beim Baden hielt ich sie mit den Händen über Wasser; und als ich zum erstenmal mit ihr ins Weiße Haus ging, war ich den anderen Mädchen und Simba gegenüber so stolz, wie ich es nie auf mich selbst gewesen war. Ich sagte mir voll Entzücken, daß Simba oder Kairula, was dieses Mädchen betrifft, jedenfalls keine Ursache haben sollten, unzufrieden mit mir zu sein. Ich mochte nicht daran denken, daß ich nur ein Jahr lang mit ihr zusammenbleiben würde.

Mit Betty, Amalie, Moilena, Barbara und Lydia war ich sehr streng. Ich ließ ihnen nicht einen Augenblick freie Zeit. Betty war mir dabei am unbequemsten. Barbara, die noch nicht gelernt hatte, ihren Rücken zu biegen, brachte ich während des Sommers dahin, daß sie, wenn sie auf den Händen ging, die Füße geradeaus streckte. Während der sechs Jahre hatte ich alle Instrumente spielen gelernt, die im Haus waren. Mit der kleinen Lydia spielte ich jetzt vierhändig Cymbal. Die anderen mußten darnach tanzen.

Der Herbst war wunderschön. Lange nachdem Amalie von ihrer Auswahl zurückgekommen, war es noch so warm, daß ich abends ohne Mantel ins Theater ging. Als der erste Schnee fiel, stand ich mit Arabella auf der Galerie vor dem Eßzimmer. Es war stille Dämmerung im Park. Arabella erzählte mir von Leona, einem großen Mädchen in langem weißen Kleid, das immer eine Rute in der Hand gehabt und sie damit an die Beine geschlagen hätte. Wunderbar genug, daß ich den Namen behalten habe. Arabellas Lippen gingen dabei so langsam auf und zu und ihre Augen sahen mich so hilflos an. Ich hob sie neben mich auf das Geländer und dachte daran, daß ich auch mal so klein gewesen.

Mitten in der Nacht, auf dem Heimweg aus dem Theater, glaubte ich einmal, es schliche jemand hinter mir. Ich brachte es nicht mehr dazu, mich umzusehen. Es war die Musik, der Lärm, die ungewöhnlichen Kostüme, alles was ich gesehen und gehört hatte, was mich in den sonderbaren Zustand versetzte. Im »Sumpflöwen« spielte Iris einen wüsten Räuber, der die Königin gefangen hatte und zu Hause in seiner Höhle an die Kette legte. Die Königin war ich. Wenn die Räuber heimkehrten, wurde ich losgekettet und mußte tanzen. Das brachte mich so um die Besinnung, daß ich mich eines Nachts, als ich in unser Schlafzimmer trat, nach Arabellas Bett hingezogen fühlte. Ihre schmächtigen Beine zeichneten sich unter der Decke ab. Ich hatte mich schon entkleidet und stand vielleicht eine Stunde so da. Den Rand ihrer Bettdecke hielt ich in der Hand. Plötzlich klopfte es von außen dreimal gegen die Scheiben, und ich schlich, so rasch ich konnte, in meine Ecke. Aber den ganzen folgenden Tag mußte ich an Arabella denken und als mich die Räuber am Abend der Reihe nach abküßten, sah ich nur Arabella und Arabella. Zu Hause zog ich mich hastig aus, um nur schnell in mein Bett zu kommen, und stand auf einmal neben ihr, und rieb die Knie gegeneinander. »Komm was will!« dacht ich und hob die Decke auf Im selben Augenblick öffnete das Mädchen die Augen und sah mich an. Ich beugte mich über sie und küßte sie. »Ich wollte dir nur gute Nacht sagen«, sagte ich. »Schlaf nur ruhig weiter!« und ging zurück und legte mich nieder.

Am anderen Morgen beim Aufstehen fühlte ich mich furchtbar schwer in den Hüften und in den Beinen. Es zog mich etwas zur Erde hinunter. Ich sagte mir natürlich, das käme von der Kälte. Sonst fühlte ich mich gar nicht unwohl. Aber gegen Abend, als ich mit Amalie tanzte, wurde es mir klar. Ich lief ins Weiße Haus. Im Vestibül stand Selma. Das war ein sonderbares Zusammentreffen. Simba fragte uns gar nicht erst lange, sie sah uns nur prüfend unter die Augen. Dann nahm sie ein Licht und ging vorauf in ein kleines Stübchen unter dem Dach. Dort gab sie uns jeder ein zusammengelegtes Stück Zeug. »Hier habt ihr jede ein Muster, aber probiert es vorher an, damit ihr euch danach richten könnt. Du, Hidalla, bringst heute abend Betty ins Theater; und du«, wandte sie sich an Selma, »du bringst Dosia mit.«

Als Selma und ich unten aus der Säulenhalle traten, stand der Himmel voll Sterne. Da fragte mich Selma, nachdem sie die Sterne betrachtet hatte:

»Glaubst du, Hidalla, daß es draußen auch Sterne gibt?«

»Ich glaube es fast«, antwortete ich. »Sie reichen so weit.«

»Nun, wir werden ja sehen«, meinte sie. Und nach einer Weile: »Die Menschen im Theater sind so munter und lachen so viel, ich glaube fast, es ist draußen noch schöner als hier im Park.«

»Wie sie wohl gekleidet sind?« fragte ich.

»Ich glaube«, sagte Selma, »sie sind so wie wir auf der Bühne. - - Schuhe haben sie jedenfalls an, wenn sie ausgehen.«

»Ja«, bemerkte ich, »sonst könnten sie nicht so trampeln.«

So sprachen wir noch lange Zeit. Dann trennten wir uns, nachdem wird uns gegenseitig das Versprechen abgenommen, wir wollten uns, wenn wir draußen seien, recht oft besuchen.

Am nächsten Abend saß ich seit einem Jahr zum erstenmal wieder mit den anderen vor dem Kaminfeuer. Amalie und Moilena tanzten mitten im Zimmer. Arabella fragte mich, als sie das weiße Leinen sah, was ich da mache. Da dachte ich an Blanka. All die Abende war es mir, als säße Blanka mit bei uns. Ich hob manchmal den Kopf, um sie anzusprechen. Arabella fand ich immer noch hübsch und entzückend, aber ich hatte nicht die Kraft, ihr in die Augen zu sehen. Jetzt hätte ich nicht mehr vermocht, an ihr Bett zu schleichen. Ich schämte mich jetzt auch, am Tag mit den anderen zu tanzen. Dazu kam noch etwas anderes. Ich war auf einmal so dick geworden in der Taille und an den Beinen, und meine Brüste schwollen. Ich war mir zum Abscheu. Überall war ich mir im Wege. Ich war keiner Bewegung mehr sicher. Beim Auskleiden belastete ich mich voll Ingrimm und konnte den Gedanken nicht fassen, daß ich das alles sein solle. Am liebsten hätte ich das dicke Fleisch genommen und in die Ecke geworfen. Nachts im Bett schlug ich mich vor Wut, wenn ich mich mit meinen dicken Gliedern nicht zurechtfinden konnte; und am Morgen war ich mir womöglich noch fremder als vorher. Der Bauch, die Waden, die Schenkel, die Brüste, die Lippen, alles strotzte an mir.

Ich sehnte eine Veränderung herbei, so glücklich wir im Park waren; aber ich gehörte nicht mehr her. Mit meinen Altersgenossinnen wurde ich jeden Tag vertrauter, je fremder mir die Mädchen in meinem eigenen Heim wurden. Wenn ich auch in Wirklichkeit die Älteste war, die ganze Aufmerksamkeit der anderen konzentrierte sich doch auf Betty, die jeden Abend zum Tanzen ins Theater ging. Ich fühlte, wenn ich eintrat, daß ich lästig war, und mir selber war ich es am meisten. Ich dachte, als die Tage länger und das Wetter sonniger wurden, auf meinen einsamen Spaziergängen oft mit Wehmut der Zeiten, da sich Blanka und Pamela meiner so treu und sorgsam angenommen. Jetzt hatte ich nicht einmal mehr jemand, dessen ich mich annehmen konnte. Mit Arabella hatte ich es verdorben. Ich begann nach und nach, sie zu verabscheuen um ihrer hübschen Augen und ihrer zarten und schlanken Glieder willen. Ich sah sie nicht mehr, wenn sie vor mir stand. Und ich wußte, daß ich ihr unrecht tat, aber ich brachte es nicht über mich, aufrichtig gegen mich zu sein. So wurde denn mein Abschied aus dem Park so ganz anders, als ich es mir vorher oft gedacht hatte. Als ich ging, ließ ich nichts zurück, ich hatte nichts zu verlieren. Mir war trocken in der Kehle. Keine Gefühle. Jedesmal, wenn ich, um zu tanzen, ins Weiße Haus ging, hoffte ich, daß es das letztemal sein würde. Und als das letztemal endlich kam, hatte ich die Hoffnung schon beinahe aufgegeben, daß es jemals kommen würde.

Es war ein düsterer Frühlingstag mit warmem, erquickendem Regen. Die meisten von uns waren im Mantel gekommen. Was uns sofort über den Moment ins klare setzte, war das, daß Simba, statt in ihrem gewöhnlichen Perlenkostüm, in einem schlanken, eleganten schwarzen Seidenkleid in den Saal trat. Als wir alle sechsundzwanzig beisammen waren, führte sie uns in die Garderobe hinunter und durch den unterirdischen Gang ins Theater. Dort öffnete sie in dem Korridor eine Tür, die keine von uns jemals bemerkt hatte, und dann ging es noch eine Treppe tiefer. Zur Rechten und Linken waren die Billettschalter; wir kamen an den weiten Wendeltreppen vorbei; überall brannten die elektrischen Glühlampen, und schließlich standen wir neben den Wagen, in denen wir reichlich Platz fanden. Nachdem Simba eingestiegen war, ertönte eine Klingel und wir rollten in die Dunkelheit davon.

IV

Ich weiß noch, wie es heller wurde, wie die Wände schimmerten und wir ins Freie fuhren. Wir hatten alle das beunruhigende Gefühl, daß uns etwas Außerordentliches bevorstehe. Wir waren ernst und blickten zu den Fenstern hinaus. Jede dachte im stillen darüber nach, was da kommen könne. Man kann sich leicht vorstellen, daß nicht eine einzige mit ihren Vermutungen auch nur im entferntesten an die ungeheuerlichen Überraschungen heranreichte, die unser harrten. Später vergißt man solche Empfindungen leicht und nimmt alles, was einem widerfahren, als selbstverständlich an. Keine von uns Frauen wird, wenn sie an jene Tage ihres Lebens zurückdenkt, heute noch etwas Absonderliches in der Art und Weise finden, wie man uns durch die gewaltigsten Prüfungen hindurch in eine völlig unbekannte Welt hinaus gelangen läßt, wie man uns in des Wortes grausamster Bedeutung hilflos aussetzt. Aber darin liegt eben für mich der Hauptgrund, diese Erinnerungen niederzuschreiben. Ich möchte den Mitlebenden die bangen Schauer ins Gedächtnis zurückrufen, die wir zur Belustigung einer besinnungslosen, wollusttrunkenen, rohen Menschenwelt alle einmal durchgekostet, wenn uns auch die gewaltigen nie geahnten Schicksale des Lebens sehr bald nur mit spöttischem Lächeln an jene Schrecknisse zurückdenken lassen. Vielleicht tut die menschliche Gesellschaft nicht unrecht daran, wenn sie durch ihre Erziehung die praktische Betätigung aller Kräfte in uns zurückhält, um uns dann durch ein tobendes Volksfest in wenigen Tagen zu völlig anderen Geschöpfen umzugestalten; vielleicht begehe ich ein Verbrechen, wenn ich ein Wort zugunsten der uns allen von Natur aus angebotenen zarteren Empfindungen einzulegen wage. Aber je älter und ruhiger ich werde, um so weniger kann ich mich dem Glauben verschließen, daß die Welt in der Tat weniger brutal eingerichtet sein könnte, als sie es in Wirklichkeit ist. Ich will hier keine Vorschläge zur Besserung machen; dafür möchte mein bißchen Verstand schwerlich ausreichen, und was würde es helfen! Die Dinge gingen darum doch von Generation zu Generation ihren unabänderlichen Gang, und mich träfe nur Schimpf und Spott von seiten aller derer, die nie in ihrem Leben über das, was sie selber erlebt, einen Augenblick nachdenken. Am Ende wäre ich ja auch nicht einmal davor sicher, daß man mich, um sich jede vernünftige Erwiderung zu ersparen, auf meine alten Tage noch für verrückt erklärte und in ein Irrenhaus steckte. Eine willkommene Handhabe dazu böte meinen Richtern schon die eine Tatsache, daß sich in reiferen Jahren meine Schicksale so gänzlich verschieden gestalteten von denen aller anderen mit mir erzogenen und herangewachsenen Frauen. Es wird mir vielleicht auch schwer fallen, wenn ich zur Schilderung jener Epoche meines Lebens gelangt bin, den Leser davon zu überzeugen, daß die von mir durchkämpften Konflikte in unserer Gesellschaftsordnung, unter der Herrschaft unserer straffbemessenen sozialen Gesetze, für eine Frau überhaupt nur entstehen konnten. Indessen bin ich vielleicht gerade durch jene unglaublichen Lebenslagen zu der überlegenen Weltanschauung gelangt, von der aus mir heute unsere gesamte menschliche Kultur als eine ziemlich fragwürdige Errungenschaft erscheint.

Auf dem Perron im Bahnhof stand der Stationsvorsteher mit seiner roten Mütze. Er grüßte Simba ehrfurchtsvoll und lächelte, als er uns eine nach der anderen in unseren weißen Kleidchen aus dem Wagen springen sah. Simba führte uns in den Wartesaal, der nach außen abgeschlossen war und ordnete uns dort rasch der Größe nach. Vor den Glastüren drängten sich die Menschen in dichten Haufen; eine Unmenge Augen waren auf uns gerichtet; vor der Mitteltür gab es ununterbrochen Streit, so daß es den Polizisten schwer fiel, den Zugang freizuhalten. Simba ging sinnend hinter uns auf und nieder und rauschte mit ihrem Seidenkleid. Wir starrten die bunten Plakate an den Wänden an, deren riesengroße Buchstaben uns damals noch nicht einmal ihrem Zweck nach bekannt waren. Melanie stand der Türe zunächst. Sie war die größte, aber auch die magerste von uns. Immerhin hatte ihr Körper damals noch ganz respektable Formen. Als ich sie später einmal in einem Handschuhladen wiedertraf, war nichts mehr als Haut und Knochen an ihr. Heidi, mit der ich mich als kleines Kind schon unter dem Springbrunnen gewälzt, war eine der kleinsten, dabei aber mindestens ebenso dick und rund wie ich selber. Von ihren Augen sah man nur zwei dicke pechschwarze Einschnitte. Schon im Theater war immer alles in schallendes Gelächter ausgebrochen, wenn sie nur einen Fuß über die Rampe setzte. Simba hatte sie denn auch immer nur in Rollen verwandt, in denen ihre unmäßige Korpulenz recht drastisch zur Geltung kam.

Plötzlich erschollen Rufe draußen unter der Halle; die Flügeltüren wurden aufgerissen, und in langem Zuge, wie wir der Größe nach geordnet, kamen die Knaben herein. Ich wollte darauf schwören, daß keine von uns sich denjenigen, der sich vor ihr verneigte und dem sie die Hand gab, bis zum nächsten Morgen überhaupt genauer angesehen hat. Simba wechselte einige Worte mit dem Herrn in schwarzem Gehrock, der die Schar hereingeführt hatte; darauf kehrte sie auf den Perron zurück, ohne sich noch einmal nach uns umzuwenden. Ich habe sie ein einziges Mal wiedergesehen, an jenem Abend, als ich mit Fabian im Parktheater war. Der Leser wird sich über die kuriosen Gefühle wundern, die ihr Anblick damals in mir, der angehenden Lebenskünstlerin, hervorrief. Sie erschien bis auf die Füße in schwarzen Perlen. Wenige Jahre später muß sie gestorben sein; wenigstens habe ich nie mehr etwas von ihr gehört.

Die Knaben führten uns an der Hand durch die Menschenmengen, die sich zu beiden Seiten auf dem Trottoir hindrängten. Wir gingen nach dem Takt der Musik; anfangs hielt ich den Kopf gesenkt und vermied es ängstlich, auf die Blumen zu treten, die den Weg bedeckten. Erst als ich aus den Fenstern herab mehrmals mit Blumen überschüttet worden war, wagte ich hinaufzublicken, aber das endlose Meer von Fahnen und Wimpeln erschreckte mich förmlich. So oft wir an einer Straßenkreuzung unter einem Triumphbogen durchkamen, suchte mein Begleiter wieder eine Unterhaltung anzuknüpfen. Natürlich verstand ich kein Wort; mir schien es ganz so, als spräche er eine andere Sprache als wir. Vor allem aber hinderte uns das tosende Bravogebrüll auf dem Trottoir, auf den Dächern und unter den tausend Fenstern an jeder Verständigung. Da es in der Frühe stark geregnet hatte, war das Holzpflaster noch glitschig; jedenfalls wäre ich mehrmals gefallen, wenn mich mein Begleiter nicht rasch gestützt hätte. Vor mir ging Iris, das schöne stattliche Geschöpf, das vor zwei Jahren mit Lora um die Ehre gestritten hatte, auserlesen zu werden. Sie hielt das Gesicht während des ganzen Weges scheu von ihrem Begleiter abgewandt und sah den Leuten, die auf dem Trottoir standen, über die Köpfe weg. Meine Blicke hafteten an ihren weißen Strümpfen, die schon bis in die Kniekehlen von Kot bespritzt waren, und irrten nur momentweise zu den weißen Pluderhosen, nackten Waden und glatten hohen Schnürstiefeln des Knaben hinüber, der sie an der Hand führte. Plötzlich zeichnete sich vor uns das gewaltige Frontespice des Kapitols vom grauen Himmel ab. Die Menschen drängten sich jetzt so dicht, daß wir kaum weiter konnten; wir drückten uns zwischen den Gardesoldaten durch, indem uns die Knaben hinter sich herzogen. Dabei erstickten wir beinahe unter den Blumen, die vom ganzen Platz auf uns hereinregneten und uns oft empfindlich ins Gesicht trafen. Alles atmete auf, als wir endlich das Gittertor hinter uns hatten. Während wir wieder in geordnetem Zuge die hohe Säulenhalle durchschritten, drückte mein Begleiter mehrmals meine Hand; ich sah ihn an, senkte vor seinen Blicken aber sofort die Augen. Himmelangst wurde mir angesichts des dichten Menschengewimmels, das den hinteren Hof bis zum äußersten Winkel füllte; aber wir gelangten jetzt ungehindert zwischen den steinernen Tribünen hindurch zum Bassin...

Nachschrift

Mit diesen Worten schließt das Manuskript, das mir die alte Dame an jenem Abend einhändigte. Trotz eifrigsten Suchens war in ihrem schriftlichen Nachlaß, dessen Durchsicht mir von einer hohen Behörde auf das liebenswürdigste gestattet wurde, keine Zeile zu finden, die auf vorerzählte Dinge Bezug gehabt hätte. Übrigens hat mir inzwischen ein junger Amerikaner die Bedeutung des Titels »Mine-Haha« erklärt. Es ist indianisch und heißt:

Lachendes Wasser.

"Moses, Moses, du gefällst mir nicht. Warum willst du dich verloben mit zwanzig, wenn du erst willst heiraten mit fünfundzwanzig?" – Der alte Esra sah seinem Sohne zwischen den Wimpern durch, als wollte er im Innern des Kopfes eine kabbalistische Flammenschrift entziffern.

"Ich liebe Rebekka."

"Du liebst die Rebekka? Woher weißt du, daß du liebst die Rebekka? Will ich dir glauben, daß du liebst einen kleinen Fuß, eine weiße Haut, ein bartloses Antlitz; aber woher weißt du, daß es ist die Rebekka? Hast du studiert das Römische Recht und das Christliche Recht, aber hast du nicht studiert die Frauen. Habe ich dich erzogen zwanzig Jahre mit Sorgfalt, daß du mir anfängst dein Leben mit einer Narrheit? Wieviel Frauen hast du gekannt, Moses, daß du kannst kommen zu deinem alten Vater und sagen, du liebst?"

"Ich kenne nur eine, und die liebe ich von ganzem Herzen."

"Von ganzem Herzen, wie heißt? – Hast du kennen gelernt dein ganzes Herz?"

"Ich bitte dich ernstlich, lieber Vater, über meine Gefühle nicht spotten zu wollen."

"Moses, Moses, werd' mir nicht rappelköpfig. Ich sage dir, werd' mir nicht rappelköpfig. Laß dir erzählen eine Geschichte. Komm, setz dich zu mir, auf den samtenen Diwan. Will ich dir erzählen von meinem Vater, was er mir hat gesagt, als ich war zwanzig Jahre. Esra, hat er mir gesagt, wenn du heiratest, heirate eine reiche Frau. Laß dir sagen von deinem alten Vater, daß die Frau ist vergänglich. Aber so ein blanker Taler, Esra, der kann sich halten durch Generationen! – Habe ich mir gedacht, daß er ist ein alter Mann und habe ich ihm geschworen, daß meine Braut wird mitbekommen dreißigtausend Taler. Aber ich will dir erklären, Moses, warum ich sie habe geliebt, warum ich sie habe geheiratet, die kleine Lea, warum ich habe in Trübsal gelebt mit ihr, bis sie mir ist hingeschwunden wie der Schnee in der Hand. Weil ich nicht habe gekannt die Frauen, weil ich nicht habe gekannt den Esra, mich selbst."

"Moses, ich bin ein alter Mann und will von der Welt nichts mehr, als daß es dir möge gut gehen. Aber mit zwanzig Jahren, da war es in mir, wie in einem Hühnerstall in der Früh, wenn die Sonne aufsteigt. Wenn ich bin gegangen auf der Straßen und ist gekommen ein Christen-mädchen oder eine von unserem Stamm, dann habe ich sie gefühlt in den Fingerspitzen und habe gewünscht, daß ich wäre gewesen der König Salomon mit fünftausend Weibern. Aber sie mußte geschaffen sein, als hätte sie gemacht der Herr für sich selbst, Moses, versteh' mich recht, mit allem angetan, was das Weib kann an Schätzen besitzen. Wenn sie war klein und blaß und dünn und flink wie eine Ratte, dann habe ich den Regenschirm gesenkt nach ihrer Seite, weil es mich hat in den Augen geschmerzt, sie zu sehen. Aber wenn sie war gewachsen wie Zedern auf Libanon, dann habe ich den Regenschirm gesenkt nach der anderen Seite, und habe ihr Bild mit nach Hause genommen und habe es geschaut über dem Talmud, und in den heiligen Worten habe ich gehört den Takt ihrer Füße. Und in der Nacht ist es zu mir gekommen und hat mich aufgesucht in meinen Träumen, das Bild – Gott der Gerechte, habe ich es vor mir gehabt, wie Moses, dem du dankst deinen Namen, auf Nebo das Gelobte Land; hätte ich es können greifen mit Händen, habe ich gesehen Milch und Honig fließen und konnte nicht gelangen über den Jordan durch den Willen des Herrn."

"Aber da habe ich mir gesagt – Moses, kannst du dir denken, was ich mir habe gesagt? – Nu, habe ich mir gesagt, du bist ein Kind des Teufels, du bist es gewesen von Mutterleib. Wenn du wirst nachgeben deinen Gelüsten, wenn du wirst über den Jordan gehen, so wird dich treffen der Zorn, und du wirst sein ein Kind des Todes. Du sollst nicht gehen zu Weibern, die den Sinnen gefallen, sondern zu Weibern, die dem Herzen gefallen, wenn dein Fleisch nicht soll werden wie das Fleisch Hiobs, wenn. das Werk deiner Tage und Nächte nicht soll werden verflucht, und wenn du nicht willst Gras fressen wie Nebukadnezar."

"Und da bin ich gegangen zum alten Hesekiel und habe ihm gesagt, er soll mir geben seine Tochter Lea, und hab' ihm geschworen" ich wolle ihr legen die Händ' unter die Füß'. Sie war ein Mädchen, die Lea, wie ein Schatten auf einer Fensterscheibe, man hätte sie können nehmen als Lampenschirm, aber ich hab' sie geliebt, weil ich mir habe gedacht, sie wird mich erretten vor mir selbst, vor dem Teufel und vor dem Tod, den ich gefühlt habe Tag und Nacht über meinem Haupte. Anfangs hat sie mich nicht gewollt, denn ich war groß und breit, und sie war klein und dünn, daß sie sich hat geniert, mit mir zu gehen über die Straße. Aber weil kein anderer ist gekommen, hat sie mich genommen.

"Jetzt, Moses, höre von deinem alten Vater, wie unser menschlicher Verstand ist beschränkt und wie all unsere Einsicht ist eitel. Ich hatte die Süßigkeit der Liebe noch nicht gekostet, Moses, gerade wie du; ich war noch ketisch wie der Tau auf Hebron, gerade wie du, wiewohl du hast studiert das Römische Recht und das Christliche Recht und hast vernachlässigt Moses und die Propheten. Aber als ich gekostet die Süßigkeit der Liebe mit Lea, da habe ich erkannt, daß sie ist eine Sünde vor dem Herrn, und habe dem Herrn gedankt, daß er mir hat gegeben ein Weib, das mich nicht läßt wandeln die Wege der Gottlosen. Hatte ich mir doch geträumt in meinen einsamen Nächten, daß die Liebe werde erfreuen den Leib als ein Labsal, und siehe, sie schmeckt nicht süßer, der Lea und mir, als wie die Medizin schmeckt dem Kranken. Und so nahmen wir sie, wie man nimmt Medizin, mit geschlossenen Augen und Würgen im Hals und nicht mehr, als der Arzt hat verschrieben. Und wenn es war durchgekostet, dann fühlte man sich gerichtet vor Gott und verdammt und wich sich aus wie Diebe bei der Nacht, die einander betroffen bei teuflischem Werke. Da habe ich mir gesagt: Du hast recht erkannt, Esra, daß die fleischliche Liebe ist: Satansdienst und nicht würdig, daß der Mensch ihrer obliege. – Aber, Moses, glaub' deinem alten Vater, ich war nicht glücklich."

"...ich war nicht glücklich, Moses, mein Sohn, der Herr ist mein Zeuge; denn ich konnte so wenig reden mit meiner Lea, wie ich kann reden mit meinem Kleiderstock oder wie ich kann reden mit meinen Fingernägeln. Ihre Gedanken waren nicht meine Gedanken, weil meine Gedanken sind meine Gedanken; und weil sie hat keine gehabt. Da habe ich mich gewendet in die Einsamkeit, und die Einsamkeit war gesprächiger als meine Lea, und habe mir gesagt: Esra, habe ich mir gesagt, du hast gekauft eine Katze im Sack; auf dein Haupt die Verantwortung. Du hättest sie können prüfen, habe ich mir gesagt, ob ihr Geist ist geschaffen für deinen Geist, ob ihr Herz ist der Bruder zu deinem Herzen. Laß sie nicht merken, Esra, daß du hast gekauft eine Katze im Sack, denn sie ist unschuldig wie das Lamm, das zur Tränke geht. Warum hast du nicht ebenso sorgfältig ausgesucht, als du dir genommen eine Frau, wie du aussuchst, wenn du gehst in den Laden und kaufst dir für eine Mark zwanzig eine Krawatte?!"

"So habe ich gelebt mit ihr und gelitten und geschwiegen zwei Jahre und habe sie immer noch geliebt, meine kleine Lea, weil sie mich hat gefeit gegen die Verlockungen des Fleisches, bis sie mir hätte sollen schenken ein Knäblein und hatte nicht Raum dafür, und es dem Herrn hat gefallen, daß er sie hat von mir genommen, samt meinem Kind."

"Moses, da war mir, alles hätte man mir ausgebrannt mit glühenden Eisen die Eingeweide aus meinem Leib, als wäre niedergebrannt und ausgestorben die Erde, als wäre ich allein geblieben, zu tragen den Fluch. Da habe ich mich empört wider Jehova, da habe ich geschrien: Verflucht sei dein Name! Warum hast du mir genommen ein Weib, das ich mir habe gewählt, um dir zu dienen! Bist du geschlagen mit Dummheit, daß du zerschmetterst dein Kind und verschonst deine Feinde! Kannst du nicht nehmen das Lamm dem Reichen; mußt du es nehmen dem Armen, dem es ist gewesen sein alles! Verflucht sei dein Name! Mußt du mich preisgeben der Anfechtung, mußt du mich stoßen hinaus in Versuchung und Sünde, mußt du mich wieder lassen kommen in die Hände der Gottlosen, nachdem ich mit Mühe und Not meine Seele geborgen vor deinem Zorn! Verflucht sei dein Name! Verflucht sei dein Name! Auf dein Haupt meine Verdammnis! – Und da bin ich gegangen, meinen Jammer zu erwürgen, zu den Töchtern der Wüste. Ja, Moses, daß du es weißt, ich bin gegangen zu den Töchtern der Wüste. Nicht daß ich dir sage, Moses, mein Sohn, daß du sollst gehn zu den Töchtern der Wüste. Mach's, wie du willst. Aber ich, dein Vater Esra, ich bin gegangen zu den Töchtern der Wüste. Und wie ich bin gegangen, da habe ich Jehova geflucht: Du, Herr, bist schuld, daß ich gehe, meinen Jammer zu erwürgen, zu den Töchtern der Wüste. Warum hast du mir genommen meine Lea!"

"Und nun, Moses, sperr deine Ohren auf, auf daß du mich recht verstehst. – Habe ich gekostet von Christenmädchen, habe ich gekostet von Judenmädchen, habe ich gekostet von den

Töchtern Hams. Habe ich nicht ausgesucht, was meinem Herzen war gefällig; habe ich ausgesucht, was meinen Sinnen war gefällig, weil ich war gekommen, zu erwürgen meinen Jammer, weil ich war gekommen, zu vergessen meine Lea. Habe ich mir ausgesucht, was da war gewachsen wie Zedern auf Libanon, was da war angetan mit allem, was ein Weib kann an Schätzen besitzen. Und habe ich gefunden, daß, je mehr sie hat behagt meinen Sinnen, desto verständiger konnte ich reden zu ihr, desto verständiger hat sie geredet zu mir, desto freundlicher ist sie gekommen, desto mehr hat sie behagt meinem Herzen. Und habe ich gefunden, Moses, mein Sohn, daß, je mehr sie hat behagt meinen Sinnen, desto weniger habe ich gespürt von Sünde, desto gerechter ist mir geworden zumut, desto näher habe ich mich gefühlt dem Allmächtigen. Moses, und wenn du mir bötest eine halbe Million, ich möchte sie nicht nehmen um diese Erkenntnis. Nein, ich möchte sie nicht nehmen, denn die Erkenntnis trägt Zinsen zu zwanzig Prozent, zu dreißig Prozent, zu hundert Prozent; und die Zinsen sind Kinder und Kindeskinder. Kann man unglücklich sein mit einer halben Million, aber kann man nicht unglücklich sein mit der Erkenntnis, daß die fleischliche Liebe nicht ist Satansdienst, wenn der Mensch die Pfade wandelt, die ihm der Herr gewiesen, weil er zwei Menschen hat füreinander geschaffen außen und innen, an Leib und an Seele."

"Bin ich hingegangen, bin ich zusammengebrochen, hab ich mich geschlagen vor die Brust, habe ich geschrien: Herr, Herr, ich habe deinen heimlichen Rat gehört. Fängst du die Weisen in ihrer Listigkeit, daß sie des Tages in Finsternis laufen und tappen im Mittag wie in der Nacht! – Und dann bin ich gegangen, Moses, und hab' mir ein Weib gesucht mit all meinen Sinnen. Hab' ich gefunden Sarah, die Tochter Mardochais, herrlich anzuschauen, wie die neugeschaffene Erde, und sie ist geworden deine Mutter. Habe ich ihr geprüft Herz und Nieren, und habe ich gefunden, daß ihr Herz ist der Bruder zu meinem Herzen. Und in der Hochzeitsnacht, Moses, mein Sohn, in der Nacht, der du dankst dein Leben, da habe ich erkannt, daß ihr Leib war der Zwilling zu meinem Leib, und habe gelobt den Herrn, dessen Geist nicht lügt, dessen Wahrheit offenbart ist in seinen Werken." –

Rabbi Esra wischte sich den Schweiß von der Stirne und atmete schwer. Moses schlich gesenkten Hauptes von hinnen.

Die Schutzimpfung

Wenn ich euch, ihr lieben Freunde, diese Geschichte erzähle, so tue ich es keinesfalls, um euch ein neues Beispiel von der Durchtriebenheit des Weibes oder von der Dummheit der Männer zu geben; ich erzähle sie euch vielmehr, weil sie gewisse psychologische Kuriositäten enthält, die euch und jedermann interessieren werden und aus denen der Mensch, wenn er sich ihrer bewußt ist, großen Vorteil im Leben zu ziehen vermag. Vor allem aber möchte ich von vornherein den Vorwurf zurückweisen, als wollte ich mich meiner Übeltaten aus vergangenen Zeiten rühmen, jenes Leichtsinnes, den ich heute aus tiefster Seele bereue und zu dessen Betätigung mir jetzt, da meine Haare grau und meine Knie schlottrig geworden, weder Lust noch Fähigkeit mehr geblieben sind.

»Du hast nichts zu befürchten, mein lieber, süßer Junge«, sagte Fanny eines schönen Abends zu mir, als ihr Mann eben nach Hause gekommen war, »denn die Ehemänner sind im großen ganzen nur so lange eifersüchtig, als sie keinen Grund dazuhaben. Von dem Augenblicke an, wo ihnen wirklich Grund zur Eifersucht gegeben ist, sind sie wie mit unheilbarer Blindheit geschlagen.«

»Ich traue dem Ausdruck seines Gesichtes nicht«, entgegnete ich kleinlaut. »Mir scheint, er muß schon etwas gemerkt haben.«

»Diesen Ausdruck mißverstehst du, mein lieber Junge«, sagte sie. »Sein Gesichtsausdruck ist nur das Ergebnis jenes von mir erfundenen Mittels, das ich bei ihm anwandte, um ihn ein für allemal gegen jede Eifersucht zu feien und ihn für immer davor zu bewahren, daß er je von einem ihn beunruhigenden Verdacht gegen dich befallen wird.«

»Welcher Art ist dieses Mittel?« fragte ich erstaunt.

»Es ist eine Art von Schutzimpfung. – An demselben Tage, als ich mich entschloß, dich zu meinem Geliebten zu nehmen, sagte ich ihm auch schon ganz offen ins Gesicht, daß ich dich liebe. Seitdem wiederhole ich es ihm täglich beim Aufstehen und beim Schlafengehen. Du hast allen Grund, sage ich, eifersüchtig auf den lieben Jungen zu sein; ich habe ihn wirklich von Herzen gern, und weder dein noch mein Verdienst ist es, wenn ich mich nicht gegen meine Pflichten versündige, sondern es liegt nur an ihm selber, daß ich dir so unerschütterlich treu bleibe.«

In diesem Augenblick wurde mir klar, warum mich ihr Mann bei all seiner Liebenswürdigkeit manchmal, wenn er sich von mir nicht beobachtet glaubte, mit einem so eigentümlich mitleidig verächtlichen Lächeln ansah.

»Und glaubst du wirklich, daß dieses Mittel seine Wirksamkeit auf die Dauer behält?« fragte ich befangen.

»Es ist unfehlbar«, entgegnete sie mit der Zuversicht eines Astronomen.

Trotzdem setzte ich noch großen Zweifel in die Unverbrüchlichkeit ihrer psychologischen Berechnungen, bis mich eines Tages folgendes Ereignis in staunenerregender Weise eines Besseren belehrte.

Ich bewohnte damals inmitten der Stadt in einer engen Gasse ein kleines möbliertes Zimmer im vierten Stock eines hohen Miethauses und hatte die Gewohnheit, bis in den hellen Tag hinein zu schlafen. – An einem sonnigen Morgen um neun Uhr etwa geht die Türe auf, und sie tritt ein. Was nun folgt, würde ich niemals erzählen, böte es nicht den Beweis für eine der überraschendsten und trotzdem begreiflichsten Verblendungen, die im Geistesleben des Menschen möglich sind. – Sie entledigt sich auch der letzten Hülle und gesellt sich zu mir. Weiter habt ihr lieben Freunde nichts Verfängliches, Anzügliches von meiner Erzählung zu gewärtigen. Ich muß immer wieder betonen, daß es mir nicht darum zu tun ist, euch mit Unschicklichkeiten zu unterhalten. – Kaum hat die Decke die Reize ihres Körpers verhüllt, als Schritte vor der Türe laut werden; es klopft, und ich habe eben noch Zeit, durch rasches Emporziehen der Decke ihren Kopf zu verbergen, als ihr Mann eintritt, schweißtriefend und pustend infolge der Anstrengung, mit der er die hundertundzwanzig Stufen zu mir heraufgestiegen war, aber mit glückstrahlendem, freudig erregtem Gesicht.

»Ich wollte dich fragen, ob du mit Röbel, Schletter und mir einen Ausflug machst. Wir fahren per Bahn nach Ebenhausen und von dort mit dem Rad nach Ammerland. Eigentlich wollte ich heute zu Hause arbeiten; nun ist meine Frau aber schon früh zu Brüchmanns gegangen, um zu sehen, was deren Jüngstes macht, und da fand ich bei dem herrlichen Wetter keine rechte Sammlung mehr zu Hause. Im Café Luitpold traf ich Röbel und Schletter, und da haben wir die Partie verabredet. Um zehn Uhr siebenundfünfzig fährt unser Zug.«

Derweil hatte ich etwas Zeit gehabt, mich zu sammeln. »Du siehst«, sagte ich lächelnd, »daß ich nicht allein bin.«

»Ja, das merke ich«, entgegnete er mit dem nämlichen verständnisinnigen Lächeln. Dabei begannen seine Augen zu funkeln, und die Kinnlade wackelte auf und ab. Zögernd tat er einen Schritt vorwärts und stand nun dicht vor dem Stuhl, auf den ich meine Kleider zu legen pflegte. Zuoberst auf diesem Sessel lag ein feines batistenes Spitzenhemd ohne Ärmel mit rotgesticktem Namenszug und darüber zwei lange schwarzseidene, durchbrochene Strümpfe mit goldgelben Zwickeln. Da nichts anderes von einem weiblichen Wesen sichtbar war, hefteten sich seine Blicke mit unverkennbarer Lüsternheit auf diese Garderobestücke.

Dieser Augenblick war entscheidend. Nur ein Moment noch und er mußte sich erinnern, diese Kleidungsstücke irgendwo in diesem Leben schon einmal gesehen zu haben. Kostete, was es kosten wollte, ich mußte seine Aufmerksamkeit von dem verhängnisvollen Anblick ablenken und derart bannen, daß sie mir nicht mehr entglitt. Das war aber nur durch etwas Nochniedagewesenes zu erreichen. Dieser Gedankengang, der sich blitzartig in meinem Hirne vollzog, veranlaßte mich dazu, eine Roheit von solcher Ungeheuerlichkeit zu begehen, daß ich sie mir heute nach zwanzig Jahren, wiewohl sie damals die Situation rettete, noch nicht verziehen habe.

»Ich bin nicht allein«, sagte ich. »Wenn du aber eine Ahnung von der Herrlichkeit dieses Geschöpfes hättest, würdest du mich beneiden.« Dabei preßte sich mein Arm, der die Decke über ihren Kopf gelegt hatte, krampfhaft auf jene Stelle, wo ich den Mund vermutete, um, auf die Gefahr hin, ihr den Atem zu nehmen, jede Lebensäußerung ihrerseits zu verhindern.

Gierig glitten seine Blicke an den von der Decke gebildeten Wellenlinien auf und nieder.

Und nun kommt das Ungeheuerliche, das Nochniedagewesene. Ich ergriff die Decke an ihrem untersten Ende und schlug sie bis an den Hals empor, so daß nur ihr Kopf noch verhüllt war. – »Hast du je in deinem Leben eine solche Pracht gesehen?« fragte ich ihn.

Seine Augen standen weit aufgerissen, aber er geriet in sichtliche Verlegenheit. »Ja, ja – das muß man sagen – du hast einen guten Geschmack – nun, ich – werde jetzt gehen – verzeih mir bitte, daß – daß ich dich gestört habe.« – Dabei zog er sich zur Türe zurück, und ich ließ den Schleier, ohne mich zu beeilen, wieder sinken. Darauf sprang ich rasch auf die Füße und stellte mich neben der Türe so vor ihn hin, daß er die Strümpfe, die auf dem Sessel lagen, unmöglich mehr sehen konnte.

»Ich komme jedenfalls mit dem Mittagszug nach Ebenhausen«, sagte ich, während er die Klinke schon in der Hand hielt. »Vielleicht erwartet ihr mich dort im Gasthof zur Post. Dann fahren wir zusammen nach Ammerland. Das wird eine prächtige Tour. Ich danke dir bestens für deine Einladung.«

Er machte noch einige wohlgemeinte, jovial-scherzhafte Bemerkungen und verließ darauf das Zimmer. Ich blieb wie angewurzelt stehen, bis ich seine Schritte unten im Hausgang verhallen hörte.

Ich will es mir ersparen, den entsetzlichen Zustand von Wut und Verzweiflung zu schildern, in dem sich die bedauernswürdige Frau nach dieser Szene befand. Sie war seelisch wie aus den Fugen gegangen und gab mir Beweise von Haß und Verachtung, wie ich sie nie in meinem Leben empfangen habe. Während sie sich hastig ankleidete, bedrohte sie mich damit, mir ins Gesicht zu spucken. Ich verzichtete natürlich auf jeden Versuch, mich zu verteidigen.

»Wohin denkst du denn jetzt zu gehen?«

»Ich weiß nicht – – ins Wasser – – nach Hause – – oder auch zu Brüchmanns – um zu sehen, wie es deren Jüngsten geht. – Ich weiß es nicht.«

– – Am Mittag gegen zwei Uhr saßen wir zusammen unter den schattigen Kastanienbäumen neben dem Gasthof zur Post in Ebenhausen, Röbel, Schletter, mein Freund und ich, und erlabten uns an gebratenen Hühnern und hellschimmerndem saftigen Kopfsalat. Mein Freund, dessen Seelenzustand ich argwöhnisch beobachtete, beruhigte mich durch die ganz außergewöhnlich fröhliche Laune, in der er sich befand. Er warf mir scherzhaft treffende Blicke zu und rieb sich siegreich schmunzelnd die Hände, ohne indessen zu verraten, was sein Inneres so froh bewegte. Die Tour verlief ohne weitere Störung, und gegen zehn Uhr abends waren mir wieder in der Stadt. Am Bahnhof angekommen, verabredeten wir uns in ein Bierlokal.

»Erlaubt mir nur«, sagte mein Freund, »daß ich eben nach Hause gehe und meine Frau hole. Sie hat den ganzen schönen Tag bei dem kranken Kinde gesessen und würde es uns übelnehmen, wenn wir sie nun den Abend zu Hause allein verbringen lassen.«

Bald darauf kam er mit ihr in den verabredeten Garten. Das Gespräch drehte sich natürlich um die überstandene Tour, deren Ereignislosigkeit von allen Teilnehmern nach Kräften zu erzählungswürdigen Abenteuern aufgebauscht wurde. Die junge Frau war etwas wortkarg, etwas betreten und würdigte mich keines Blickes. Er hingegen trug noch mehr als während des Nachmittags in seinem jovialen Gesicht jenes für mich so rätselhafte Siegesbewußtsein zur Schau. Seine überlegenen, triumphierenden Blicke galten jetzt aber mehr seiner versonnen dasitzenden Gattin als mir. Es war nicht anders, als hätte er irgendeine innere, ihn tief beseligende Genugtuung erfahren.

Erst einen Monat später, als ich mit der jungen Frau zum erstenmal wieder allein war, klärte sich mir dieses Rätsel auf. Nachdem ich noch einmal die heftigsten Vorwürfe über mich hatte ergehen lassen müssen, war eine oberflächliche Versöhnung erfolgt, nach deren mühevollem Zustandekommen sie mir anvertraute, wie ihr Mann, als sie am Abend jenes Tages zu Hause mit ihm allein war, ihr mit verschränkten Armen folgenden Vortrag gehalten hatte: »Deinen lieben, süßen Jungen, mein Kind, den habe ich jetzt aber gründlich kennengelernt. Jeden Tag gestehst du mir, daß du ihn liebst, und ahnst dabei gar nicht, wie der sich über dich lustig macht. Heute morgen traf ich ihn in seiner Wohnung an; natürlich war er nicht allein. Freilich ist mir jetzt auch völlig klargeworden, warum er sich nichts aus dir macht und deine Empfindungen verächtlich zurückweist. Denn seine Geliebte ist ein Weib von so berückender, so überwältigender Körperschönheit, daß du mit deinen wenigen verblühten Reizen allerdings nicht mit ihr wetteifern kannst.« –

Das, meine lieben Freunde, war die Wirkung der Schutzimpfung. Ich habe sie euch nur geschildert, damit ihr euch vor diesem Zaubermittel bewahren könnt.